김종성 교수와 함께 읽는

배비장전 / 옹고집전

서연비람은 조선 시대 왕궁 내, 강론의 자리였던 서연(書筵)에서 강관(講官)이 왕세자에게 가르치던 경전의 요지를 수집하여 기록한 책(비람備覽)을 말합니다. 서연비람 출판사는 민주주의 국가의 주인인 시민들 역시 지속 가능한 과거와 현재, 미래의 이치를 깨우치고 체현해야 한다는 믿음으로 엄선한 도서를 발간합니다.

서연비람 고전 문학 전집 16

김종성 교수와 함께 읽는 배비장전/옹고집전

초판 1쇄 2023년 9월 29일
지은이 미상
옮긴이 김종성
편집장 이상기
펴낸이 윤진성
펴낸곳 서연비람
등록 2016년 6월 29일 제 2016-000147호
주소 서울특별시 강남구 남부순환로 2909, 201-2호
전자주소 birambooks@daum.net

ⓒ 서연비람 2023, Printed in Korea.

ISBN 979-11-89171-12-4 04810
ISBN 979-11-89171-06-3 (세트)

값 12,000원

서연비람 고전 문학 전집

16

김종성 교수와 함께 읽는

배비장전 / 옹고집전

김종성 옮김

차례

책머리에

　판소리계 소설인 『배비장전』은 지은이와 창작된 시기를 알 수 없는 작품이다. 다만 이 소설이 창작된 시기는 조선 시대 후기 영조와 정조 시대에 이미 판소리로 발표된 일이 있는 것으로 보아 조선 시대 후기인 것으로 보인다. 판소리인 '배비장 타령'이 소설화된 작품인 『배비장전』은 해학적 · 풍자적인 성격을 띠고 있다. 『골계전』에 실려 있는 '발치설화'와 『동야휘집』의 '미궤설화'가 작품의 소재로 활용되었을 것으로 생각되는 골계소설로 양반의 위선을 폭로하고, 조롱하며 풍자하고 있다. 현대에 들어와서도 채만식이 고전소설 『배비장전』을 현대소설로 재창작하여 1943년 11월 30일 박문서관에서 출간했다. 그 뒤로도 고전소설 『배비장전』은 희망출판사 한국고전문학전집, 수예사 한국고전문학대전집, 그리고 몇몇 아동청소년 서적 출판사의 한국고전문학전집에 실려 독자들의 꾸준한 관심을 받아왔다. 박문서관 발행 『배비장』은 현대소설화 하는 과정에서 개작이 많이 되어 원래의 모습과 많은 거리가 있고, 희망출판사와 수예사의 한국고전문학전집에 실린 『배비장전』은 한시와 중국 고사가 한글로 독음을 한 원문 그대로 실려 있어, 국문학을 전공한 사람이 읽어도 무슨 내용인지 이해하기가 쉽지 않다. 그리고 몇몇 아동청소년 서적 출판사가 간행한 『배비장전』은 동화 또는 청소년소설이라 해도 이상하지 않을 만큼 각색되어 원작과는 거리가 멀다.

필자는 원작의 내용을 유지하면서 청소년들이 읽어 이해할 수 있도록 한다는 집필 원칙을 세우고 '배비장전 다시 쓰기 작업'을 착수했다. 『배비장전』은 방자의 입을 통해 양반의 언행을 관찰하여 풍자하고 있기 때문에, 작품에 구사된 어휘가 매우 어려우며, 수많은 중국 고전과 중국 인물과 중국 관용어가 등장한다. 될 수 있는 대로 원작의 내용을 살리면서 작업을 하다 보니 많은 전적을 뒤적거려 난해한 어휘와 한국인들이 잘 모르는 중국 인물과 중국 고사에 대해서 일일이 주석을 달았다.

『배비장전』에 나오는 방자는 배 비장을 골려주는 '말뚝이형 인물'로 등장해 배 비장 같은 위선적인 인간 군상을 통렬하게 풍자하고 있다.

한편 「옹고집전」은 〈장자못설화〉라는 민담이 소설로 발전된 것으로 판소리계 소설이다. 부모에게 불효함이 매우 심하고 인색한 옹고집이 도승의 도술로 가짜 옹고집에게 쫓겨나 온갖 고생을 하다 잘못을 뉘우치고 착한 사람이 된다는 서사구조로 이루어진 「옹고집전」은 착한 일을 권장하고 악한 일을 징계하는 권선징악(勸善懲惡)이라는 주제를 형상화하고 있다. 「옹고집전」은 조선 후기 등장한 신흥 서민 부자층과 빈민층 간의 갈등을 풍자적으로 그려 주목된다.

2023년 3월 4일
용인 호수마을에서 김종성

『배비장전/옹고집전』을 읽기 전에

보람 　교수님, 제가 최근에 채만식 선생님의 『태평천하』를 읽었어요.

교수님 　좋은 작품을 읽었군요.

보람 　저희 국어 선생님이 수업 시간에 채만식 선생님의 단편소설 「레디메이드 인생」을 설명하시다가 『태평천하』가 유명한 풍자소설이라고 하셔서 도서관에서 빌려 읽어봤어요.

교수님 　참 잘했어요. 특히 한국문학 작품은 한국문학사에 우뚝 서 있는 작품들을 중심으로 읽어야 한국시가 무엇인지, 한국소설이 무엇인지 이해할 수 있어요. 특히 중요한 시험 준비를 하는 학생들은 저학년 때부터 문학사에 언급되는 작품들을 중심으로 문학 작품을 읽어야 문학 작품을 제대로 이해할 수 있어요.

보람 　저도 『태평천하』를 읽으면서 처음에는 잘 이해가 안 되었는데, 읽어 나가면서 세상이 어떻게 되든 자신의 집안만 잘되면 그만이라 생각하는 고리대금업자 윤직원 영감의 언행 하나하나에 빨려 들어가게 되었거든요.

교수님 윤직원 영감이 집안의 유일한 희망인 작은 손자가 사회
주의 운동을 하다 체포되었다는 소식을 듣는다는 서사
구조를 살펴보면 왜 작가가 소설 제목을 '태평천하'라고
붙였는가를 이해할 수 있어요.

보람 말하자면 '반어'로 사용한 거지요.

교수님 잘 파악했어요. 채만식 선생이 해방 후에 발표한 「논 이
야기」도 『태평천하』의 세계와 연결되는 작품이지요.

보람 『배비장전』도 『태평천하』가 일제강점기의 어두운 현실을
풍자적 기법으로 비판하고 있는 것처럼 위선적인 양반들
의 행태를 풍자적 기법으로 묘사하고 있다고 하던데요.

교수님 『태평천하』가 판소리를 계승한 문체를 구사했다는 것을
놓치면 안 돼요. 채만식 선생이 일제강점기 말에 집필한
『배비장』의 매개체가 판소리예요. 원작 소설 『배비장전』
은 원래 판소리 '배비장타령'을 소설화한 거지요.

보람 저도 텔레비전에서 『배비장전』을 풍자극으로 각색해서
방영하는 것을 시청한 적이 있어요.

교수님 위선적 인간형을 풍자하고 있는 『배비장전』은 판소리 사
설의 흔적이 많이 남아있어요.

보람 그래서 그런지 풍자극 '배비장전'을 시청하면서 어깨가
들썩들썩해지기도 했어요.

교수님 『배비장전』에서 주목할 등장인물은 배 비장, 애랑, 제주 목사 김경, 정 비장 이외에도 방자가 주목되는 인물이에요.

보람 『춘향전』에도 방자가 등장하지요.

교수님 『춘향전』에 나오는 방자는 평민의 편에 서서 양반을 골려주고 있지요. 그렇지만 『배비장전』에 나오는 방자는 양반 관료의 입장에서 배 비장을 골려주는 '말뚝이형 인물'이에요.

보람 방자가 어떤 입장에 서 있는가도 중요하군요.

교수님 배 비장은 벼슬아치들이 가정을 버리고 관아에 딸려 가무·기악 따위를 하던 기생을 두고 놀아나는 조선 사회의 양반 문화에 도전하는 인물로 그려져요. 그런데 배 비장이 제주 목사 김경과 그 휘하 사람들의 유혹을 이겨내지 못하고 좌절하잖아요.

보람 풍자극 『배비장전』을 보면서 저도 위선적인 사람들 곁에도 배 비장에 나오는 방자가 있으면 좋겠다 생각했어요.

교수님 『배비장전』을 우리나라에서 살아가는 우리 한국인들이 읽어야 할 이유가 바로 거기에 있어요.

보람 이 책의 제1부는 『배비장전』이고, 제2부는 「옹고집전」으로 되어 있지요?

교수님 「옹고집전」은 〈장자못설화〉라는 민담이 소설로 발전된 것으로 민담소설 또는 설화소설이라고도 할 수 있어요.

보람 우리나라 고전소설 가운데 착한 일을 권장하고 악한 일을 징계하는 권선징악(勸善懲惡)이라는 주제를 형상화하고 있는 작품이 많지요?

교수님 부모에게 불효함이 매우 심하고 인색한 옹고집이 도승의 도술로 가짜 옹고집에게 쫓겨나 온갖 고생을 하다 잘못을 뉘우치고 착한 사람이 된다는 서사구조로 이루어진 「옹고집전」의 주제도 권선징악이라고 볼 수 있어요.

보람 「옹고집전」의 주제가 진부하긴 해도 풍자소설이라는 점에서 『배비장전』과 비슷한 면이 있어 보여요.

교수님 「옹고집전」은 풍자소설이라는 점에서 『배비장전』과 상통하는 면이 있고, 판소리계 소설이라는 점에서도 공통점이 있어요.

보람 「옹고집전」과 『배비장전』을 읽다 보면 가락 같은 것이 느껴지는 게 두 작품 모두 판소리계 소설이기 때문에 그런 것 같아요.

교수님 「옹고집전」은 조선 후기 등장한 신흥 서민 부자층과 빈민층 간의 갈등을 풍자적으로 그려 주목돼요.

보람 「옹고집전」이 단순히 권선징악을 말하고 있는 소설이 아니군요.

교수님 「옹고집전」은 옹고집이라는 인간상을 통해 조선 후기 서민 부자층의 면모를 그리고 있다는 점에서 「흥부전」의 놀부라는 인간상을 떠올리게 하고 있어요. 「흥부전」에서 놀부라는 서민 부자층을 풍자하고 있고, 「옹고집전」은 옹고집이라는 서민 부자층을 풍자하고 있어요. 「옹고집전」과 「흥부전」은 조선 후기의 역사적 현실을 작품에 반영하고 있어요.

보람   열심히 읽어 보겠습니다.

배비장전

1

 하늘과 땅 사이에 남자와 여자를 막론하고
사람은 다 같은 사람이지만 그 생김새와 인품
과 성질은 사람마다 서로 다르다. 남자 가운데는 어진 사람도 있
고, 또 한편으로는 쓸데없는 어리석은 남자와 친한 무리도 있다.
여자 가운데에서도 효성스러운 며느리와 절개를 굳게 지키는 여
자가 있는가 하면, 또 한편으로는 음탕한 창녀와 같은 여자도 있
고, 간사한 여자도 있어 형형색색1으로 측량하지 못할 것은 아득
한 옛날부터 오늘날에 이르기까지 변함이 없는 사람의 성질이었
다.

사람의 성질이라는 것은 그가 살고 있는 지방의 산과 강의 생김
새에 많은 영향을 받아 산과 내의 경치가 썩 아름다운 지방에 사
는 사람의 성질이 순박하고 인정이 두텁고 공손하고 삼가 악한 기
운이 별로 없고 산과 내가 험준한 지방에는 그대로 사람의 성질이
간사하고 교활하게 하는 법이었다.

---

1 형형색색(形形色色): 모양과 빛깔 따위가 서로 다른 여러 가지.

전라좌도2 제주군은 머리 남해상에 외따로 있는 섬이다. 옛적에 탐라3라는 나라가 있었던 곳으로 그곳에 있는 한라산4은 남쪽에서 제일가는 명산으로 험준하고 수려하기도 이름이 높아서 한라산 기슭에서 애랑이라는 기생이 생겨난 것이었다.

애랑이가 비록 천한 기생으로 났을망정 그 생김새는 옛날의 중국의 월나라5 범려6라는 사람이 사랑하던 여자로서 오나라7 와 싸우다가 패배해 받쳤다가 나중에 다시 월나라가 오나라한 테 승리해서 빼앗아 갔다는 서시8나 당나라9 현종10이 지독히 사랑하여 나라를 망하게 했던 양귀비11에게 못지않게 생겼다.

---

2 전라좌도(全羅左道): 조선시대에 전라도 지방의 행정구역을 동·서로 나누었던 때 전라도 동부지역의 행정구역.

3 탐라(耽羅): 고대의 제주도에 있던 초기국가.

4 한라산(漢拏山): 제주특별자치도의 중앙에 있는 산. 높이 1,947m.

5 월(越)나라: 고대 중국 춘추 전국 시대(BC 8세기에서 BC 3세기)에 있던 나라.

6 범려(范蠡): 고대 중국 춘추 전국 시대 월나라의 상장군(上將軍)이다. 문종(文種)과 함께 월왕 구천(句踐)을 받들었다. 사마천의 『사기』 권41, 월왕구천세가 및 권129, 화식열전(貨殖列傳)에 기록되어 있다.

7 오(吳)나라: 고대 중국 춘추 전국 시대에 있던 나라.

8 서시(西施): 본명은 시이광(施夷光). 왕소군(王昭君)·양귀비(楊貴妃)·우미인(虞美人)과 함께 중국 4대 미녀라고 일컫는다. 월왕 구천의 충신 범려가 서시를 오나라 왕 부차에게 바쳐, 결국 서시의 아리따운 용모에 빠져 정치를 게을리한 부차를 멸망의 길로 이끌었다 한다.

9 당(唐)나라(618년~907년): 수나라와 오대십국 시대 사이에 존재한 중국의 통일왕조.

10 현종(玄宗, 재위: 712년~756년): 중국 당나라의 제6대 황제.

11 양귀비(楊貴妃, 719년~756년): 서시, 왕소군, 우희와 함께 고대 중국 4대 미녀 중 1명으로 손꼽히는 인물.

애랑은 생김새가 이렇게 아름다웠으나, 그 간사하고 음흉함은 꼬리가 아홉 달린 여우가 사람으로 변하여 태어났던지 뭇 사내들이 얽혀들면 애랑에 푹 빠져 허덕거리며 빠져나오지 못한 터였다.

한편 한양12에 김경(金卿)이라 하는 양반이 살고 있었다. 글 잘 쓰고, 재질이 비범하여 열다섯 살에 이미 생원 진사13가 되고, 스무 살 전에 벌써 장원 급제14하였다. 벼슬길에 들어서 한림15, 주서16, 이조17, 옥당18, 승지19, 당상20 등 여러 가지 벼슬을 하였

---

12 한양(漢陽): 조선 시대 지금의 '서울'을 부르던 이름.

13 생원 진사(生員進士): 조선 시대에 생원 진사 시험에 합격하여 국가로부터 공인받은 유생.

14 장원 급제(壯元及第): 조선시대 과거에서, 장원으로 급제함.

15 한림(翰林): 조선 시대 예문관 검열(檢閱)의 별칭.

16 주서(注書): 조선 시대 승정원의 정7품 관직.

17 이조(吏曹): 조선 시대 육조(六曹)의 하나. 문선(文選) · 훈봉(勳封) · 고과(考課) 등에 관한 일을 맡아보던 관서.

18 옥낭(玉堂): 조선 시대, 삼사의 하나로 궁중의 경서와 사적을 관리하고 왕에게 학문적 자문을 하던 관청.

19 승지(承旨): 조선 시대 정3품 당상관. 도승지(都承旨) · 좌승지(左承旨) · 우승지(右承旨) · 좌부승지(左副承旨) · 우부승지(右副承旨) · 동부승지(同副承旨)의 6승지가 있어 왕명을 출납하였다.

20 당상(堂上): 당상관(堂上官). 조선 시대 정3품 이상의 품계를 받거나, 왕의 특별한 교지를 받거나, 당하관(堂下官)이라도 요직을 두루 거쳤을 때 자격이 주어지며 여러 특권을 부여받았다고 한다. 조정의 의식에서 대청 위(堂上)의 의자에 앉을 수 있었기에 당상으로 별칭되었다.

다. 김경은 지방으로 내려가 수령방백21이 되기를 바랐다.

제주 목사22로 제수되자, 김경은 즉시 제주도로 떠나려고 하였다. 이방23 · 호방24 · 예방25 · 공방26 · 병방 · 형방27 등 육방28을 뽑아 그 가운데 서강29에 사는 배 선달30을 급히 불러 예방의 소임을 맡기고자 하였다.

---

21 수령방백(守令方伯): '방백'은 종2품의 문관직으로서 도(道)마다 1명씩 두었다. 곧 관찰사(觀察使)이다. '수령'은 방백 아래에서 부목(府牧) 군현(郡縣) 등 크고 작은 고을들을 맡아 백성을 다스리는 동반외관직(東班外官職)을 말한다.

22 제주 목사(濟州牧使): 조선 시대의 지방관으로서 관찰사의 지휘를 받아 제주도의 각 목을 다스리던 정3품의 외직 문관 벼슬.

23 이방(吏房): 조선 시대 지방 관서에서 인사 관계의 실무를 맡아보던 부서 또는 그 일에 종사하던 책임 향리.

24 호방(戶房): 조선 시대 지방 관서에서 지방의 호구 관리, 전결(田結)의 조사, 세금의 부과와 징수에 관계된 실무를 담당하던 부서. 또는 그 일에 종사하던 책임 향리.

25 예방(禮房): 조선 시대 지방 관서에서 지방의 예법과 음악 등에 관한 실무를 담당하던 부서. 또는 그 일에 종사하던 책임 향리.

26 공방(工房): 조선 시대 지방 관서에서 지방의 공정(工政)에 관한 실무를 담당하던 부서. 또는 그 일에 종사하던 책임 향리.

27 형방(刑房): 조선 시대 지방 관서에서 지방의 형전관계(刑典關係)에 관한 실무를 담당하던 부서. 또는 그 일에 종사하던 책임 향리.

28 육방(六房): 조선 시대 지방 관속인 수령을 보좌하던 조직편제. 이방(吏房) · 호방(戶房) · 예방(禮房) · 병방(兵房) · 형방(刑房) · 공방(工房)의 총칭이다.

29 서강(西江): 한강의 서쪽 지역으로 봉원천(창천)과 한강이 합류하는 지역을 가리킨다.

30 선달(先達): 문무과에 급제하고 아직 벼슬하지 않은 사람. 조선 중기 이후에는 주로 무과에 급제하고 벼슬을 받지 못한 사람만을 가리켰음.

김경이 배 선달을 그윽이 바라보았다.

"내가 이번에 외직31을 하여 제주를 내려가게 되었는데 자네 제주도로 한번 가 보지 않겠나?"

배 선달이 귀가 번쩍하여 앞으로 바싹 다가앉았다.

"예, 예, 제주라뇨?"

"내, 자네를 예방으로 삼고자 하네…."

"네에?"

"두말없이 따라가겠다?"

"네에!"

"그런데 자네 어머니께서 항차 홀로 계신 터에, 누대32 독자인 자네를 제주까지 보내줄까?"

듣고 보니 지당한 말이었다.

"지금 곧 가서 자네 어머니한테 허락을 받아오도록 하게."

"네에."

비장33이라는 직함34은 별것이 아니었지만, 배 선달은 원래 놀

---

31 **외직(外職):** 지방 각 관아의 벼슬. 외관(外官). 외임(外任).

32 **누대(累代 · 屢代):** 여러 대. 누세(累世).

33 **비장(裨將):** 조선 시대에 감사(監司) · 유수(留守) · 병사(兵使) · 수사(水使) · 견외(遣外) 사신을 따라다니던 무관.

34 **직함(職銜):** 직책이나 직무의 이름.

기를 좋아하는 사람이었다. 제주도라는 말이 김경의 입에서 떨어지기가 무섭게 그는 아직 구경을 한 번도 못 해본 제주도에 갈 수 있다는 생각에 어깨춤이 절로 나는 것이었다.

하루아침에 배 선달에서 버젓하게 비장이 된 그는 건들거리며 집으로 돌아갔다.

배 비장은 우선 늙은 어머니에게 오늘 낮에 있었던 일을 이야기하였다.

"소자가 팔도강산 좋은 경치를 여기저기 돌아다니며 낱낱이 보았으되 제주가 뭍에서 멀리 떨어져 있는 섬이라 가 보지 못했습니다. 마침 착한 양반이 제주 목사가 되어서 비장으로 가자하니 다녀오겠습니다."

배 비장의 어머니는 이 말을 듣고 눈을 동그랗게 떴다.

"제주라 하는 곳이 물길로 천 리라는데 날 버리고 네가 갔다가 네가 없는 사이에 이 늙은 에미가 죽으면 너는 종신도 못 할 것이니 제발 가지 마라."

배 비장은 힘주어 말했다.

"이미 약속을 하였으니 아니 가진 못하겠습니다."

이 광경을 옆에서 바라보고 있던 배 비장의 아내가 그대로 있을 수 없어 한마디 했다.

"제주라 하는 곳이 비록 멀리 바다 한가운데 있는 섬이라고는 하나 색향35이라 하옵니다. 만일 그곳에 가 계시다가 주색36에 몸이 잠겨 돌아오지 못하면 부모에게도 불효요. 첩의 신세 그 아니 원통하오리까."

"그런 일은 아예 염려 마오. 내가 멀리 떨어진 곳에 가서 어찌 그런 일이야 있겠소. 마음을 단단히 먹고 떠나는 터가 아니오. 대장부가 한번 마음을 먹고 나서는 길인데 어찌 요망한 계집 때문에 신세를 버리겠소."

"과연 그럴까요?"

"글쎄 걱정말라니까…."

배 비장의 아내가 울음을 터뜨렸다.

"못 가요! 못 가!"

배 비장이 역정을 냈다.

"가장 되는 사람이 먼 길을 떠난다는데 울음을 울다니 당한 말이요."

배 비장의 아내가 눈물을 치맛자락으로 훔치며 말했다.

"꼭 삼 년이지요?"

"내 삼 년 안에 돌아오리다."

"다짐했지요."

---

35 **색향(色鄕)**: ① 미인이 많이 나는 고을. ② 기생이 많이 나는 고을.
36 **주색(酒色)**: 술과 여자.

"다짐했소."

배 비장의 어머니와 아내는 여전히 달갑지 않은 얼굴이었다. 배 비장은 어머니에게 하직하고 김경에게로 달려갔다.

2

 　　배 비장은 전령패1를 차고 제주 목사 김경
을 따라서 제주로 떠나게 되었다. 이때는 마
침 꽃이 한창인 봄철이었다. 오얏꽃, 복사꽃을 비롯하여 갖가지
꽃이 활짝 피었고 풀은 푸르디푸르렀다. 버들은 바람에 한들거리
고, 눈에 보이는 것은 온통 무르익은 봄 풍경이었다. 배 비장은 김
경을 뒤따라 사방을 두루 둘러보며 말을 몰아 남쪽으로 남쪽으로
향하였다. 여러 고을을 거쳐서 적당한 곳에서 점심도 먹고 숙소도
정하며 어느덧 강진2을 지났다. 해남3 땅에 다다르니 새로 도임4
해오는 목사를 맞이하러 제주에서 여러 하인들이 나와 있었다.

　　사또 김경은 여러 하인들의 인사를 차례로 받은 후 사공을 불러
물었다.

---

1 전령패(傳令牌): 조선 시대, 좌우 포도대장(左右捕盗大將)이 지니고 다니던 직사각
　형의 패.
2 강진(康津): 전라남도 남서부에 있는 군.
3 해남(海南): 전라남도 남서부에 있는 군.
4 도임(到任): 지방의 관리가 근무지에 도착함.

"예서 배를 타면 제주까지 며칠이나 걸리는고?"

사공이 고개를 기우뚱하며 대답했다.

"어디 대중이 있어야지요."

"대중이 없다니…."

"일기가 청명하고 서풍이 알맞게 불어오면 꽁무니바람에 양 돛을 달아 갈라 붙이고 쏜 화살처럼 달리면 아디5에서 펑펑 소리가 나며, 배 앞에서 물결 갈리는 소리가 팔구월에 바가지 삶는 소리처럼 절벅절벅하면 하루 천 리도 가고 반쯤 가다 모진 바람을 만나 떠내려가면 안남6이나 어디로 가기 쉽고 만일 더욱 불행하게 되면 쪽박 없는 물도 먹고 숭어와 입도 맞추게 되나이다."

사또는 고개를 끄덕이며 말했다.

"제주에 당일 안에 도착하면 후하게 상을 줄 것이니 착실히 거행하라."

사공은 분부를 받들고 순풍을 기다리고 있었다. 마침 일기가 청명하고 서풍이 솔솔 불어왔다. 사공은 떠날 차비를 하였다.

"마침 순풍이 부오니 어서 배에 오르소서."

사또는 크게 기뻐하였다.

---

5 아디: 배에서, 바람의 방향을 맞추기 위하여 돛에 매어 쓰는 줄.

6 안남(安南): 예전에, '베트남'을 달리 이르던 말.

배비장전

이번 일을 위하여 새로 만든 큰 배 위에 장막을 번듯하게 치고 산수와 모란을 그린 병풍이 겹겹이 둘러친 후 방석, 안석7 등이 알맞게 놓여 있고 쌍학8을 그린 베개며 병, 재떨이, 타구9 등을 빠지지 않고 마련하였다. 사또가 배에 오르자, 통인10들이 좌우로 갈라서고 여러 비장들은 다 각기 읍11하여 이편저편 갈라섰다. 어떤 비장은 허세를 부려 도도한 체하고 어떤 비장은 착실한 체하였다.

배에 올라 고사를 지내고 상선포12를 놓은 뒤에 바람을 따라 배를 내었다.

망망한 바다에 천 리나 밀려오는 파도를 따라 배는 서서히 미끄러져 가기 시작했다.

"배 띄워라 배 띄워라… 지국총 지국총 어사와…."

사공의 가락도 한결 구슬프고, 도사공13은 키14를 틀고, 역군15

---

7 안석(案席): 벽에 세워 놓고 앉을 때 몸을 기대는 방석. 안식(安息).

8 쌍학(雙鶴): 한 쌍의 학.

9 타구(唾具·唾口): 가래나 침을 뱉는 그릇.

10 통인(通引): 관아의 관장 밑에 딸려 잔심부름을 하던 이속.

11 읍(揖): 인사하는 예(禮)의 하나. 두 손을 맞잡아 얼굴 앞으로 들고 허리를 앞으로 공손히 구부렸다 펴면서 손을 내림.

12 상선포(上船砲): 승선을 재촉하기 위한 목적으로 쏘는 포.

13 도사공(都沙工): 사공의 우두머리.

14 키: 배의 방향을 조정하는 장치. 방향타(方向舵).

15 역군(役軍): 일정한 부문에서 중요한 역할을 하는 일꾼.

은 아디 틀어 바람에 맞추어 배는 앞으로 나아갔다. 망망대해16 한가운데 배가 두둥실 떠나가니 사또는 한편 기쁘기도 하고, 한편 슬프기도 하여 술상을 봐 오게 하였다. 술상이 차려서 들어오자 첫 잔을 단숨에 들이키고는 비장들에게도 술을 마시게 하였다.

"어허, 옛 시에 곡강17에 배를 띄워 봄 술에 모두 취하였도다. 어려워들 말고 너도 마시고 나도 마시자."

사또가 취흥이 도도하여 풍월18을 지어 읊었다.

  물결이 맑아 푸른 하늘이 비쳐,

  물속에 푸른 하늘이 박힌 듯하도다.

  고기들은 흰 구름 사이에 노닐더라.

"하하, 이 시가 어떠한고?"

비장들이 대답하였다.

"예, 좋은 싯귀입니다."

사또가 술에 취해 희롱조로 말하였다.

---

16 망망대해(茫茫大海): 한없이 크고 넓은 바다.

17 곡강(曲江): 지금의 중국 장쑤성(江蘇省) 양저우시(揚州市) 남쪽의 양쯔강(長江)을 가리킴.

18 풍월(風月): '음풍농월(吟風弄月)'의 준말. 맑은 바람과 밝은 달에 대하여 시를 짓고 즐겁게 놂.

"누가 제주 가는 배 타기가 어렵다고 하더냐? 누워서 떡 먹기는 눈에 고물19이나 떨어지고 앉아서 똥 누기는 발 허리나 시지, 내 서울서 들으니 바다에 꼬리 큰 고기가 있어서 장난이 비할 바가 없다 하니 정말이 정말이냐?"

사공이 깜짝 놀라 고개를 가로저었다.

"개울의 방축 못도 지킨다는 신이 있다 하니 이런 큰 바다를 건너가면서 취담20을 마옵소서."

이때는 배가 미역섬을 겨우 지나 추자도21에 거의 다다랐을 무렵이었다. 사공의 말이 끝나기도 전에 맑고 잔잔하던 터에 난데없이 모진 바람이 졸지에 일어나며 사면이 침침해졌다. 물결이 왈랑왈랑거리더니, 태산22 같은 물마루가 덮치면서 우러렁 콸콸 뒤뎅굴어 펄펄 뱃전을 때리고, 바람에 배 위의 띳집23도 조각조각 흩어졌다. 키는 꺾어지고, 용총줄24, 마릇대가 동강 나고, 고물25이

---

19 **고물**: 인절미 · 경단 등의 겉에 묻히거나, 시루떡의 켜와 켜 사이에 뿌리는, 팥 · 콩 등의 가루.

20 **취담(醉談)**: 술에 취해 함부로 하는 말. 취언.

21 **추자도(楸子島)**: 제주도 북쪽 바다 가운데에 있다. 추자도는 조선 시대에 제주도로 왕래하는 수로(水路)의 중간 집결지였던 것으로 추정된다.

22 **태산(泰山)**: 높고 큰 산.

23 **띳집**: 지붕을 띠로 인 집. 모옥(茅屋).

24 **용총줄**: 돛대에 매어 놓은 줄. 이 줄로 돛을 올렸다 내렸다 함. 마릇줄.

25 **고물**: 배의 뒤쪽. 뱃고물. 선미(船尾).

번쩍 들리면 이물26이 수그러지고, 이물이 번쩍 들리면 고물이 수그러져서 덤벙 뒤뚱 조리질27 쳤다. 사또는 정신줄을 놓고 비장과 하인들이 혼이 빠져 덤벙거렸다.

사공들도 어찌할 바를 모르고 오들오들 떨기만 하였다.

사또는 정신을 차리지 못하고 사공을 부른다는 것이 혀가 잘 돌아가지 않아 저도 모르게 소리쳤다.

"고공, 고공아."

사공도 얼떨결에 부들부들 떨며 건성으로 대답했다.

"예, 예."

"이놈, 양반은 물길에 익숙하지 못해서 떨지만, 물길에 익숙한 놈이 이 지경으로 떠느냐?"

사공이 더욱 황겁하여 이렇게 말했다.

"소인은 열다섯 살 먹는 해부터 밥 짓고 잔심부름하는 화장28으로 배에 올라 흑산도29, 대마도30, 어청도31, 칠산 바다32, 연

---

26 이물: 배의 머리. 뱃머리. 선두(船頭). 선수(船首).
27 조리질(笊籬—): 조리로 쌀 따위를 이는 일.
28 화장(火匠): 배에서 밥 짓는 일을 맡은 사람.
29 흑산도(黑山島): 전라남도 신안군 흑산면에 있는 섬.
30 대마도(大馬島): 전라남도 진도군 조도면 대마도리에 있는 섬.
31 어청도(於靑島): 전라북도 군산시 옥도면 어청도리에 있는 섬.
32 칠산(柒山) 바다: 전라남도 영광군의 임자도, 송이도에서 전라북도 부안군의 위도에 이르는 서해를 말한다.

평 바다33를 무른 메주 밟듯 다녔지만 이런 엄청난 꼴을 당하기는 처음이오. 지부왕34이 친삼촌간이 되고, 사해의 용왕이 외삼촌이라도 살아나기는 다 틀린 것 같습니다. 살아남으려 하오면 이 물을 다 먹어야 살 듯하오니 누구라서 이 물을 다 먹겠습니까?"

이렇듯 죽는 도리밖에 없다 하니 비장들도 서로 붙들고 울었다. 비장 하나가 자기 신세를 한탄하기 시작했다.

"이미 머리가 학처럼 흰 부모님을 모시고 있고, 슬하에는 아내와 어린아이들이라. 천 리나 먼 길에 나를 보내고 이제나 올까 저녁나 올까, 우리 아내 임 생각 잠 못 이뤄 임 가던 곳 바라보고 한숨짓고 눈물지며 하루하루 기다릴 때 꿈속인들 오죽하랴. 속절없이 죽게 되니 이런 팔자 또 있는가."

비장 하나가 또 울었다.

"나는 나이 사십이로되 자식 하나 없이 양자 할 곳도 없는지라. 그러니 조상의 제사를 받들기는 다 틀린 노릇이니 이 아니 원통한가."

비장 하나가 또 울었다.

"나는 사는 형편이 가난하여 제주에는 맛 좋은 바닷물고기인 양

---

33 연평(延平) 바다: 인천광역시 옹진군 연평면에 있는 섬인 연평도 앞바다.
34 지부왕(地府王): 지부의 왕이라는 뜻으로, '염라대왕'을 달리 이르는 말.

태35가 나는 곳이라 양태 동36이나 얻어다가 가용37에도 쓸 것이요. 우리 마누라 속곳이 없어 한 벌 얻어 입힐까 하고 나왔더니 바다에 빠져 죽게 되겠으니 이 아니 원통한가."

비장 하나가 또 울었다.

"나는 사는 형편이 과히 어렵지 않아 집에 그저 있었던들 좋을 것을 이름자나 갈고 추천을 받아서 벼슬길이나 터볼까 하고 하여 천 리 타향 나섰다가 속절없이 죽게 되니 이 아니 원통한가."

사또는 정신없이 앉아 그 거동을 보다가 무슨 생각이 났던지 사공을 불러 분부했다.

"용왕이 이제야 제수38 드리기를 청하기 때문인 듯싶으니 고사39나 극진히 드려 보아라."

사공이 분부를 받아 고사를 드릴 차비를 했다. 영좌40 · 화장 · 격군41들이 머리를 감고 목욕을 하였다. 배 한가운데에 자리를 펴고 고물에는 청신기42와 홍신기43를 좌우편으로 갈라 꽂았다. 큰 고

---

35 양태(涼太): 경골어류 횟대목 양탯과에 속한 바닷물고기.

36 동: 굵게 묶어서 한 덩이로 만든 묶음.

37 가용(家用): 집안 살림에 드는 비용.

38 제수(祭需): 제물(祭物).

39 고사(告祀): 액운이 없어지고 행운이 오도록 술 · 떡 · 고기 등을 차려 놓고 신령에게 비는 제사.

40 영좌(領座): 한 마을이나 단체의 대표가 되는 사람. 영위(領位).

41 격군: 배에 짐을 싣거나 부리며 그 밖의 잡일을 맡고 사공을 돕는 사람.

리44에 백미를 담아 사또 저고리를 벗어 얹고, 온 소머리 받쳐 놓고, 산돼지를 잡아서 큰 칼을 꽂아 놓았다. 젯메45 공양46을 올린 후에 섬쌀을 푸어 물에 넣었다. 도사공이 큰북을 용총줄에 높이 달고 나서 북채를 두 손에 갈라 잡고 두리둥둥 북을 치며 축원했다.

"천지건곤47 일월성진48 황천후토49 신령50 녹성군51이 굽어살피시어 한양 성내52 북부 송현거53 김씨 건명54 제주 신관55 사또를 살리소서. 두리둥둥 동해 광리56 서해 광덕, 남해 광연, 북해

---

42 청신기(靑神旗): 조선 시대 군대에서 사용한 중5방기(中五方旗)의 하나.

43 홍신기(紅神旗): 조선 시대 군대에서 사용한 중5방기(中五方旗)의 하나.

44 고리: 고리나 대오리로 엮어 상자같이 만든 물건. 옷 따위를 넣어 두는 데 씀. 고리짝. 유기(柳器).

45 젯메(祭米): 제사 때 올리는 밥.

46 공양(供養): 신 앞에 음식물을 올림.

47 천지건곤(天地乾坤): 하늘과 땅을 아울러 이르는 말. 세상, 우주.

48 일월성신(日月星辰): 해와 달과 별.

49 황천후토(皇天后土): 하늘의 신령과 땅의 신령.

50 신령(神靈): 풍습으로 섬기는 모든 신.

51 녹성군(祿星君): 산국자 모양의 북두칠성의 물을 담는 쪽에 길게 비스듬히 늘어선 세 쌍의 별인 삼태성(三台星)을 덕성군(德星君), 공성군(空星君), 녹성군(祿星君)이라 했다. 녹성군은 '녹봉(祿俸)'을 맡은 별이다.

52 성내(城內): 성의 안.

53 북부송연거(北部松硯居): 북부 송연에 거주하다.

54 건명(乾命): 축원문에 쓰는, '남자'를 일컫는 말.

55 신관(新官): 새로 부임한 관리.

56 광리(廣利): 용왕(龍王)의 이름.

광택, 물 위의 잡귀57를 물리치고, 앞길에 순풍58을 인도하시어 이 배 안의 모든 사람을 무사히 제주도에 도착하게 하여주시옵소서. 두리둥둥."

고사를 드린 후에 사또가 혼자서 탄식하였다.

"산다는 것은 임시로 이 세상에 들린 것이요, 죽는다는 것은 돌아가는 것과 같다고 옛사람이 말하였거니와, 나야말로 그러한 탄식을 하게 되었도다."

휘영청 밝은 달이 교교하게 바다 위를 내리비치고, 물결은 잔잔하여졌다.

"휴우……."

사또는 길게 한숨을 내쉬고는 남쪽을 향해 네 번 절을 하였다.

이윽고 배가 제주도에 다다랐다. 지세도 좋거니와 풍경이 더욱 좋았다.

한라산 영봉59이 우뚝 솟아 있고, 고기 잡는 어부며 밭 가는 농부며 모두 한가롭게 보였다.

---

57 **잡귀(雜鬼)**: 잡스러운 여러 귀신. 잡신(雜神).
58 **순풍(順風)**: 배가 가는 쪽으로 부는 바람.
59 **영봉(靈峯)**: 신령스러운 산봉우리.

사또는 환풍정1에서 배를 내려 화북진2에 좌기3하고 사면 경계를 둘러보았다. 원래 제주에는 이름있는 명승지가 열여덟 군데 있었다. 그 가운데 제일로 꼽는 곳은 망월루였다. 그 망월루를 살펴보니 어떤 청춘남녀가 서로 손을 잡고 연연한 이별을 하며 눈물을 흘리는 참이었다.

이는 누구였는가 하면 구관4 사또가 신임하던 정 비장과 수청들던5 기생 애랑이었다.

정 비장은 애랑의 손을 잡고 몇 번이나 한숨을 몰아쉬었다.

"잘 있거라. 네 들어라. 한양 태생으로 제주 물색6이 좋다는 말

---

1 환풍정(喚風亭): 1699년(숙종 25년)에 남지훈 제주 목사가 제주도 화북진에 지은 세 칸짜리 객사(客舍).
2 화북진(禾北鎭): 제주도 북단에 위치한 포구.
3 좌기(坐起): 관아의 우두머리가 출근하여 일을 봄.
4 구관(舊官): 앞서 그 자리에 있던 벼슬아치.
5 수청들다: 높은 벼슬아치가 시키는 대로 수종하다.
6 물색(物色): 자연의 경치. 미색(美色).

을 굳이 들고 이곳 와서 너를 만나 정을 두고 세월을 보낼 적에 연연한 네 태도와 청아한 네 노래에 고향 생각 없었더니 이제는 이별을 해야만 하구나. 맑은 물에 노닐던 원앙새가 짝을 잃은 격이로다. 이별이야 애닯고나. 이별이야 이별이야. 우미인7을 이별할 때 항우8의 설움인들 어찌 이에서 다하겠으며, 마외역9 저문 날 양귀비를 이별할 때 현종의 찢어지던 간장 이에서 다하였으랴? 설혹 내가 떠나간들 한마음으로 너만 생각할 것이니 부디부디 잘 있거라.”

원래 애랑은 기생의 몸으로 마음에도 없는데 수청을 들어 그동안 정 비장의 귀여움을 받았던 터이나 이별의 설움은 별로 없었다. 그러나 정 비장이 통곡을 하니, 애랑도 가만히 있을 수 없었다. 애랑은 겉치레라도 슬픈 척해야만 했다. 애랑은 복숭아꽃 색이 도는 고운 얼굴을 웃는 듯 찡그리는 듯 아양을 떨며 통곡을 하였다.

“여보 들으시오. 나리 이곳에 계실 때는 먹고 입고 살기 걱정 없이 세월을 보내더니 인제는 뉘게다 의탁하라고 하루아침에 이별이라니 이게 웬일이오.”

---

7 우미인(虞美人): 중국 초나라 때 인물로, 항우의 첩이며, 서시, 왕소군, 양귀비와 함께 중국 4대 미녀로 손꼽힌다.
8 항우(項羽): 중국 진나라(秦: 기원전 221년~206년) 말기의 장수이며 진을 멸망시킨 반란군의 지도자.
9 마외역(馬嵬驛): 중국 장안(長安)의 서쪽 지방.

정 비장이 이 말을 듣고 소활하고 큰마음에 애랑의 속이 풀리도록 한번 대답을 했다.

"그것일랑 염려 마라. 내 올라갈지라도 한동안 먹고 쓰기에 넉하게 넉할 만큼 볏섬을 풀어 주고 가마."

정 비장은 고직10에게 분부하여 볏섬을 풀어 애랑에게 주도록 하였다. 그뿐이 아니었다. 정 비장 몫의 보따리를 가져오게 하였다. 정 비장은 보따리를 풀어 그 안에 있던 물건을 애랑에게 준다. 탕건11 한 죽, 우황12 열 근, 인삼 열 근, 월자13 서른 단, 마미14 백근, 장피15 사십 장, 녹피16 이십 장, 홍합 전복 해삼 백 개, 문어 10개, 삼치 세 묶음, 석어17 한 동, 대하18 한 동, 장곽19, 소곽 다시

---

10 고직(庫直): 예전에, 관아의 창고를 살피고 지키는 사람을 이르던 말.

11 탕건(宕巾): 예전에, 벼슬아치가 갓 아래에 받쳐 쓰던 관(冠). 말총으로 뜨는데, 앞은 낮고 뒤는 높아 턱이 졌음.

12 우황(牛黃): 소의 쓸개에 병으로 생긴 덩어리. 열을 없애고 독을 푸는 작용이 있어 열병·중풍·경간(驚癎)의 약재로 씀.

13 월자(月子): 예전에, 여자들이 머리숱이 많아 보이도록 머릿속에 땋아서 덧넣었던 가짜 머리.

14 마미(馬尾): 말총. 말의 꼬리.

15 장피(獐皮): 노루의 가죽.

16 녹피(鹿皮): '녹비'의 본딧말. 사슴의 가죽.

17 석어(石魚): 조기.

18 대하(大蝦): 보리새웃과의 하나. 몸길이는 30cm 정도이며, 몸빛은 연한 회색임. 우리나라·중국 등지에 분포함. 왕새우.

19 장곽(長藿): 길쭉하고 넓은 미역.

마 한 동, 유자20, 백자21, 석류22, 비자23, 청피24, 진피25, 용어레,

화류 살작, 삼층난간 용봉장, 이층 문갑, 계수계수리각, 산유자 궤,

뒤주 각각 여섯 개, 걸음 좋은 제마26 두 필, 총마 세 필, 안장27

두 켤레, 백목28 한 통, 세포29 세 필, 모시 다섯 필, 면주30 세 필,

간지31 열 축, 부채 열 병, 간필32 한 동, 초필33 한 동, 연적34 열

개, 설대35 열 개, 쌍수복 백통대36 한 켤레, 서랍 하나, 남초37 열

근, 생청38 한 되, 숙청39 한 되, 생율40 한 되, 마늘 한 접, 생강41

---

20 유자(柚子): 유자나무의 열매.

21 백자(柏子): 잣.

22 석류(石榴): 석류나무의 열매.

23 비자(榧子): 비자나무의 열매. 촌충약으로 유효함.

24 청피(靑皮): 푸른 귤껍질.

25 진피(陳皮): 오래 묵은 귤껍질 맛은 쓰고 매운데 건위·발한의 약재로 씀.

26 제마(濟馬): 제주도에서 나는 말.

27 안장(鞍裝): 말·나귀 따위의 등에 얹어서 사람이 타는 데 쓰는 가죽으로 만든 제구.

28 백목(白木): 무명실로 짠 피륙. 무명. 무명베. 목면(木綿). 면포(綿布).

29 세포(細布): 가는 삼실로 짠 매우 고운 베. 세마포.

30 면주(綿紬): 명주실로 무늬 없이 짠 피륙. 명주(明紬).

31 간지(簡紙): 두껍고 질기며 품질이 좋은 편지지.

32 간필(簡筆): 편지 쓰기에 알맞은, 초필(抄筆)보다 굵은 붓.

33 초필(抄筆): 잔글씨를 쓰는 가느다란 붓.

34 연적(硯滴): 벼룻물을 담는 작은 그릇. 수적(水滴). 연수(硯水).

35 설대: '담배설대'의 준말. 담배통과 물부리 사이에 끼워 맞추는 가는 대.

36 백통대(白銅煙管): 대통과 물부리를 백통으로 만든 담뱃대. 백통죽.

37 남초(南草): 담배.

한 되, 찹쌀 열 섬, 황육42 열 근, 호초43 한 되, 아그배 한 접.

그 밖에도 애랑에게 준 갖가지 재물들은 헤아릴 수 없을 만큼 많았다.

정 비장은 고직을 불러 말했다.

"내가 가지고 가려던 물건들을 다 담아 애랑의 집에 갖다 주고 오너라."

애랑이 눈물을 이리저리 씻으면서 흐느끼는 소리로 말했다.

"주신 물건 감사하오나 천금44이라도 귀하지 않습니다. 백 년토록 같이 살자던 기약은 일장춘몽45이 되었으니 이 아니 원통하오리까? 나으리는 소녀를 버리고 한양으로 가옵시면 백발이 성성한 부모 위로하고 아리따운 부인과 귀여운 자식 만나 그리던 정회46를 풀 적에 어찌 소녀 같은 천한 것을 다시 생각이나 하시겠습니까?"

---

38 생청(生淸): 벌의 꿀물에서 떠낸 가공하지 않은 그대로의 꿀.

39 숙청(熟淸): 찌끼를 없앤 꿀.

40 생율(生栗): 생밤.

41 생강(生薑): 생강의 뿌리. 뿌리줄기는 향신료·건위제로 씀. 새앙.

42 황육(黃肉): 쇠고기.

43 호초(胡椒): 후추.

44 천금(千金): 많은 돈이나 비싼 값의 비유.

45 일장춘몽(一場春夢): 부질없는 꿈. 헛된 영화나 덧없는 일을 비유한 말.

46 정회(情懷): 정과 회포. 생각하는 마음.

애랑이 속으로는 쾌재를 부르면서 눈물을 이리저리 씻으면서 느끼는 소리로 말했다.

"주신 물건은 감사하오나 천금이라도 귀하지 않습니다. 백년토록 같이 살자던 기약은 일장춘몽이 되었으니 이 아니 원통하오리까? 나리는 소녀를 버리고 가옵시면 백발이 성성한 부모 위로하고 아리따운 부인이 반겨주며 그리던 회포 풀 적에 소녀 같은 천한 것을 다시 생각하시겠습니까. 슬픈 것은 이별한다는 이별 별(別) 자로다. 이한공수강수장47하니 떠날 리(離) 자가 슬프구나. 갱파라삼문후기48하니. 이별이라는 별(別)자가 또다시 슬프도다. 낙양천리낭군거49하니, 보낼 송(送) 자 애련(哀戀)하다. 임 보내고 그리운 정 생각 사(思) 자 답답하며 천산만수50 아득한데 바랄 망(望) 자 처량하다. 공방적적 추야장51하니 수심 수(愁) 자 첩첩하고, 첩첩수다몽불성52하니 탄식 탄(歎) 자 한심하도다. 한심장탄53하며, 슬픈 간장 눈물 누(淚) 자 가련하다. 군불견상사고54라, 병들 병(病)

---

47 이한공수강수장(離恨空隨江水長): 쓸쓸한 이별의 서러움은 강물 따라 길어진다.
48 갱파라삼문후기(更把羅衫問後期): 다시 옷자락을 잡고 다음 기약을 묻도다.
49 낙양천리낭군거(洛陽千里郎君去): 머나먼 낙양으로 나으리가 떠나가시도다.
50 천산만수(千山萬樹): 온 산의 나무.
51 공방적적 추야장(空房寂寂秋夜長): 빈방은 적적하고 가을밤은 길고 길어라.
52 첩첩수다몽불성(疊疊愁多 夢不成): 근심은 많고 잠 못 이루다.
53 한심장탄(寒心長歎): 한심스럽고 탄식만 하다.
54 군불견 상사고(君不見相思苦): 나으리를 그리며 만나보지 못하여 병이 날 것이니.

자 슬픕니다. 병이 들면 못살려니 혼백 혼(魂) 자 혼이라도 따라갈까. 애고 애고 이제 이별하면 언제 또다시 볼 수 있을꼬. 애달프고 복통할 일이로다.”

애랑이 글자풀이를 겸하여 노랫가락 투로 넋두리를 늘어놓았다. 정 비장은 마음이 혹하여 마디마디 사무치고 가슴을 도려내는 것 같았다. 정 비장은 글자 풀이로서 대답하였다.

“네 말을 내 들으니 뜻 정(情) 자가 간절하다. 내 몸에 지닌 노리개55를 네 마음대로 다 달래라.”

애랑이는 달라는 말 아니하여도 정 비장을 물오른 송기56 때 벗기듯 하려는데 가지고 싶은 대로 달래라 하니 불한당57 같은 마음에 피나무 껍질 벗기듯 아주 홀딱 벗기려 하였다.

“여보 나리 들으시오. 갓두루마기58 소녀를 벗어 주고 가시면 나리님 가신 후에 날이 가고 달이 가고 세월이 물같이 흘러 낙화수심59 꽃피던 봄이 가고, 녹음방초60 온갖 것이 푸르른 여름이 되

---

55 **노리개**: ① 여자의 한복 저고리의 고름이나 치마허리 따위에 다는, 금·은·주옥 등으로 만든 패물. ② 심심풀이로 가지고 노는 물건.
56 **송기(松肌)**: 소나무의 속껍질. 쌀가루와 섞어서 떡도 만들고 죽도 쑴.
57 **불한당(不汗黨)**: ① 떼를 지어 돌아다니는 강도. 화적. 명화적(明火賊). ② 남을 괴롭히는 짓을 일삼는 무리.
58 **갓두루마기**: 갓과 두루마기.
59 **낙화수심(洛花愁心)**: 꽃이 떨어져 근심하는 마음.
60 **녹음방초(綠陰芳草)**: 푸르게 우거진 나무와 향기로운 풀. 여름철의 자연경관을 가리키는 말.

고, 정수단풍61 잎 떨어져 낙엽은 소슬하고 옥창62 밖에 서리 내릴 때, 긴 가을밤 적막한데 독수공방63 잠 못 들어 이리 뒤척 저리 뒤척 할 적에 원앙금침64 차가운 베개 비취금65 얇은 이불을 두 발로 미적미적 툭툭 차서 물리치고 주고 가신 갓두루마기 한 자락은 펼쳐 깔고 또 한 자락 흠썩 덮고 두 소매는 착착 접어 베개 삼아 베고 자면 나리 품에 누운 듯 그 얼마나 다정하겠습니까?"

정 비장은 그 말을 듣고 양피66 갓두루마기를 훨훨 벗어 애랑에게 주었다.

"옛적 전국 시대67 맹상군68이 진69나라 소왕70에게 죽게 되었을 때 소왕이 사랑하는 후궁71 행희72에게 호백구73를 주어 목숨

---

61 정수단풍(庭樹丹楓): 뜰에 심은 나무의 단풍.

62 옥창(玉窓=): 아름답게 장식한 창.

63 독수공방(獨守空房): 여자가 남편 없이 혼자 지냄. 독숙공방.

64 원앙금침(鴛鴦衾枕): ① 원앙을 수놓은 이불과 베개. ② 부부가 함께 덮는 이불과 베개.

65 비취금(翡翠衾): 신혼부부가 덮는 화려한 이불.

66 양피(羊皮): 양의 가죽. 양가죽.

67 전국 시대(戰國時代): 중국의 춘추 시대에 이어 진(晉)나라가 한·위·조(趙)로 삼분된 때부터 진(秦)나라가 통일할 때까지의 어지러웠던 시대.

68 맹상군(孟嘗君, ?~기원전 279년): 중국 전국 시대의 정치가로 제(齊) 나라 사람. 성은 규(嬀), 씨(氏)는 전(田), 휘(諱)는 문(文)이며, 맹상군은 그의 시호이다. 위(魏)의 신릉군, 조(趙)의 평원군, 초(楚)의 춘신군과 함께 전국시대 말기 4군 가운데 한 사람으로 꼽힌다.

69 진(秦): 중국의 전국 시대에 분립한 여러 소제후국들 중 하나.

70 소왕(昭王): 중국의 전국 시대 진(秦)나라의 왕.

을 건진 일이 있다. 위74나라의 신하인 수가와 범수75가 제76나라에 가서 양왕77에게 말을 잘하여서 후한 상을 탔는데 수가78가 질투하는 마음으로 위나라 재상에게 범수를 무고하여 엄한 벌을 받게 하였다. 거의 죽게 된 범수는 위나라에서 도망쳐 진나라에 가서 정안평79이라는 사람의 도움을 받아 몸을 숨기고 장록(張祿)으로 이름을 바꿨다. 마침내 그는 진나라의 정승 자리에까지 올라갔었다. 그 후에 수가가 사신이 되어 진나라에 오게 되어 범수는 일부러 헐고 찢어진 옷을 입고 수가가 머무는 집을 찾아갔다. 수가

---

71 후궁(後宮): 제왕의 첩.

72 행희(幸姬): 중국의 전국 시대 진(秦)나라의 소왕(昭王)의 후궁.

73 호백구(狐白裘): 여우 겨드랑이의 흰 털이 있는 부분의 가죽으로 만든 갖옷.

74 위(魏, 220년~265년): 후한(後漢)이 멸망한 3세기 초부터 서로 다투던 위(魏)·촉(蜀)·오(吳), 삼국 중 가장 강대했던 나라.

75 범수(范睢): 위(魏)나라 중대부(中大夫) 수가(須賈)의 문객. 진(秦)나라의 재상이 된 뒤, 진소왕에게 위나라를 치도록 권했다.

76 제(齊): 기원전 453년 진(晉)나라가 한(韓)·위(魏)·조(趙) 삼국으로 분리되면서 전국 시대가 펼쳐졌다. 한(韓)·위(魏)·조(趙)와 진(秦)·초(楚)·연(燕)·제(齊)의 4국을 합쳐 7국이라 부른다. 이 가운데 초기에 패자의 자리를 다툰 것은 위·제·진 삼국이었다.

77 양왕(襄王): 전국 시대 제나라의 왕. 범수가 설득력 있게 말을 하는 재능을 가지고 있는 인물임을 알고 그를 제나라의 관리로 등용했다.

78 수가(須賈): 위(魏)나라 중대부(中大夫). 사마천의 『사기(史記)』 「범수채택열전(范睢蔡澤列傳)」에 범수(范睢)와 함께 기록되어 있다. "수가의 머리카락을 다 뽑아서 한 올에 죄를 하나씩 쳐서 세면 머리카락이 오히려 모자랄 정도로 죄가 많다"는 구절에서 고사성어 '탁발난수(擢髮難數)'가 유래했다.

79 정안평(鄭安平): 위나라 사람으로 곤경에 처한 범수를 도와준 인물.

는 놀라서 새 옷을 내주었고 범수를 따뜻하게 대하였다. 수가는 끝끝내 장록이라는 진나라의 정승이 범수였다는 것을 모르고 말았고, 자신의 옷을 내주기까지 하였다는 것이었다. 이와 같이 예부터 옷을 주는 일은 많았느니라. 나도 이 옷을 너에게 주니 깔고 덮고 비고 잘 때 부디 나를 잊지 마라."

애랑이 또 앉아 여쭈었다.

"나리님 들으시오. 나리 가신 후 달은 밝고 서리 내려 찬 기운이 스며들고 천지에 눈이 내려 모든 나뭇가지에 흰 눈이 아주 펄펄 흩날릴 때 물을 건너고 산을 넘어 험한 길에 임을 만날 기약이 아득할 것이 아니 옵니까. 차가운 북쪽 바람이 몰아칠 때 차마 귀가 시려서 어찌 살겠습니까. 나리 쓰신 돈피80로 된 휘양81을 벗어 소녀에게 주고 가옵시면 두 귀 덤벅 눌러 쓰면 귓전에 촉촉이 땀이 밸 것이니 얼마나 좋겠습니까?"

정 비장은 혹한 마음에 휘양을 벗어 애랑에게 주며 말했다.

"손으로 겉을 만지며 입을 털어 불며 쓰게 되면 엄동설한 추위라도 네 귀 아니 시리리라. 이 휘양을 쓸 때마다 부디 나를 잊지 마라."

애랑이도 앉아 여쭈었다.

---

80 **돈피(豚皮)**: 돼지의 가죽.
81 **휘양(揮項)**: 남자들이 추위를 막기 위하여 쓰던 모자의 하나. 방한모.

"여보 나리 들으시오. 나리 차신 칼을 소녀에게 끌러 주고 가오."

정 비장이 칼을 만지며 말했다.

"이는 내 몸을 지키는 보검82이라 너를 주지 못하겠다."

애랑이 여쭈었다.

"나으리는 옛글을 모르시오? 예전에 오나라에 계찰83이라는 사람이 있었는데 그 사람이 아주 훌륭한 보검을 하나 가지고 있었다 합니다. 서나라84의 왕이 계찰의 칼을 몹시 탐을 냈으나 감히 그 칼을 달라고 하지 못하고 있었습니다. 그런데 계찰은 서나라 왕의 그러한 속마음을 짐작하고 있었다 합니다. 그 후에 계찰은 서나라 왕에게 칼을 줄 생각이 나서 서 나라 왕을 찾아가니 서나라 왕은 이미 죽어 이 세상 사람이 아니었습니다. 계찰은 크게 탄식하고 살아 있을 때 칼을 주지 못한 것을 한탄하며 칼을 풀어서 서나라 왕의 무덤 옆 나무에다 걸어주었다 합니다. 죽은 사람에게도 산 사람의 정이 이러하거늘 어찌 칼 하나를 아끼십니까? 나리도 소녀를 생각하거든 칼을 주고 가오시면 살아생전 이별의 정표가 아니겠습니까?

---

82 **보검(寶劍):** ① 예전에, 의장(儀仗)에 쓰던 칼. ② 보도(寶刀).

83 **계찰(季札, BC 585년경):** 고대 중국 오(吳)나라의 왕 수몽(壽夢)의 넷째 아들. 사마천의 『사기』 「오태백세가(吳泰伯世家)」에 등장하는 인물이다. "계찰이 검을 걸어 놓다"는 뜻인 '계찰괘검(季札掛劍)'이란 고사성어는 신의를 중히 여긴다는 말이다.

84 **서(徐)나라:** 중국 춘추 전국 시대에 존재하던 나라.

정 비장은 차마 칼을 줄 수는 없었다.

"내 말을 네가 들어 보아라. 이 칼이 값이 비싸서 아끼는 것이 아니다. 만일 주고 갔다가 네가 이 칼을 우리의 정을 베어 잊을까 염려되는구나. 네 집에 있는 식칼을 등심 있게 벼려두고 쓰는 것이 옳으니라. 그 식칼을 가는데 드는 값 두 푼을 내가 물어 주마."

애랑이 눈물과 웃음이 섞인 얼굴로 여쭈었다.

"소녀 집에 있는 칼이 어찌 식칼뿐이겠습니까. 밀화장도[85] · 오동철병[86] · 서장도[87] · 대모장도[88] 다 있어도 나리 차신 보검을 주옵시면 한번 쓸 데 있나이다."

"내 칼을 네가 어디에 쓰려고 하느냐?"

"옛글에 충신출어고신[89]이요, 열녀출어천첩[90]이라는 말이 있습니다. 외로운 데서 충신 나고 천한 데서 열녀 나니 열녀의 본을 받아 나으리를 위하여 절개를 지킬 적에 홍안박명[91]이라더니, 나이 젊고 박복한 몸이 휑 덩그렇게 빈방 안에 앉아서 옥등[92]에 불

---

85 밀화장도(蜜花粧刀): 밀화로 장식한 장도.
86 오동철병(烏銅鐵瓶): 검붉은 빛이 나는 구리로 만든 병.
87 서장도(犀粧刀): 코뿔소 뿔로 장식한 장도.
88 대모장도(玳帽粧刀): 거북이 등껍질로 장식한 장도.
89 충신출어고신(忠臣出於孤身): 중하게 여기지 않던 신하 가운데서 충신이 난다.
90 열녀출어천첩(烈女出於賤妾): 남들이 천하게 여기는 계집 중에 열녀가 난다는 말.
91 홍안박명(紅顏薄命): 얼굴이 예쁜 여자는 팔자가 사나운 경우가 많음을 이르는 말.
92 옥등(玉燈): 옥으로 만든 등잔.

을 켜놓고 그림자와 벗을 삼아 님 그려 수심할 때 시문93에 개소리 점점 가까워 오고 느닷없이 사람이 찾아올지도 모르는 일이 아니겠습니까. 주색에 잠긴 호걸남자가 내게다 뜻을 두고 깊은 밤에 가만가만 사뿐 들어와서 잠근 문을 바삐 열고 내 침방에 들어오면 소녀 혼자 할 수 없어 나리 주신 칼로 키 큰 놈은 배를 찌르고 키 작은놈은 멱을 찔러 멀리 물리치면 나으리를 위하여 원수를 갚아 나리께도 시원할 것이요, 소녀의 절개 빛나나니 이 얼마나 다행한 일입니까? 제발 허리에 찬 보검은 꼭 끌려주시오."

"네 말을 들으니 꼭 더위 먹었을 때 익원산94 한 첩에 청심환95 한 개를 갈아 마신듯하여 좋다. 삼 년 묵은 체증96이 떨어지는 것 같기도 하구나."

정 비장은 칼을 끌러 애랑에게 주었다.

"내가 옛사람의 칼 쓰는 법을 대강 가르쳐 줄 것이니 명심하고 들어라. 오나라의 촉루검97은 충신 자서98를 베었으니 쓸데없는

---

93 **시문(柴門)**: 사립문.
94 **익원산(益元散)**: 여름철에 더위를 먹었을 때 사용하는 한약.
95 **청심환(淸心丸)**: 심경(心經)의 열을 푸는 환약.
96 **체증(滯症)**: 먹은 음식이 소화가 잘 안되는 증세.
97 **촉루검(蜀鏤劍)**: 오(吳)나라 왕 부차(夫差)가 오자서를 죽이기 위해서 오자서에게 이 검을 내렸는데 그 속뜻은 이 검으로 자살하라는 의미였다.
98 **자서(子胥)**: 오나라 왕 부차(夫差)에게 죽임을 당한 오자서(伍子胥)로 이름은 운(員)이다.

용검99이다. 진시황100의 태아검101은 천하를 통일할 수 있었으니 지혜 있는 용검 그 아니며, 한병선102의 원용검103은 싸우며 반드시 이기고, 공격하면 반드시 빼앗으니 비교할 데 없는 용검이라고 하겠다. 항우가 유방104을 공격하려고 하였으나 항백105의 말을 들어 같이 연회를 베풀었다. 항우의 신하 범증106은 연회 자리에서 여러 차례 옥결107을 들어 보이며 항우에게 유방을 죽이라는 신호를 보냈으나 항우는 범증의 말을 듣지 않았다. 그러자 범증은 자리에서 일어나 밖에 있던 항장108을 데리고 들어와 칼춤을 추는

---

99 용검(用劍): 중국의 옛 칼의 이름.

100 진시황(秦始皇, BC 259~210년): 중국 진(秦)나라의 황제. 성은 영(贏), 이름은 정(政). 중국 최초의 통일 국가를 수립했다.

101 태아검(太阿劍): 진시황(秦始皇)이 지니고 있던 칼 이름. 춘추 시대의 명검(名劍) 이었다.

102 한병선(漢兵仙): 한신(韓信). 중국 진(秦)나라 말기 유방(劉邦)을 도와 한(漢)나라 를 건설한 한초삼걸(漢初三杰: 소하, 장량, 한신)의 한 사람.

103 원용검(元龍劍): 한신이 지니고 있던 칼.

104 유방(劉邦, B.C. 247년~B.C.195년): 중국 역사상 두 번째 통일 국가인 한(漢)나 라를 개국한 고조(高祖)로 패(沛)땅에서 군사를 일으켰으므로 패왕(沛王)이라고 불렀다.

105 항백(項伯): 초나라 명장 항연의 아들이며, 서초패왕 항우(項羽)의 숙부로, 이름은 전(纏)이고, 자는 백(伯)이다.

106 범증(范增): 초나라의 장군이자 참모로 항우의 책략가이다.

107 옥결(玉玦): 옥으로 만든 귀고리.

108 항장(項莊): 초(楚)나라 하상(下相) 사람. 항우(項羽)의 사촌 아우다. 진나라가 망한 뒤 홍문연(鴻門宴)에서 범증(范增)이 유방(劉邦)을 죽이라고 명령하자 검무(劍舞)를 추면서 죽이려 했다.

척하면서 유방을 찔러 죽이라고 지시했다, 항장은 칼을 휘두르며 춤을 추어 유방을 죽일 기회를 노렸다. 이때 항백은 마주 일어나 같이 칼춤을 추어 항장이 유방을 죽이지 못하도록 막았으니 이는 분분한 용검이 그 아니겠는가. 형가109가 진시황을 죽이려고 문서 속에 비수를 감추고 만나러 갔었다. 가서 문서를 다 펼치니 비수가 나왔고, 형가는 비수를 들고 진시황의 소매를 잡고 찔렀으나 죽이지 못하였다. 오히려 진시황의 손에 형가가 죽임을 당하였다. 이것은 헛된 용검, 그 아니겠는가. 관운장110의 청룡검은 복병으로 잡은 조조를 범하지 않고 놓아주었으니 인의로써 죽이지 않았으니 인의로운 용검 그 아니겠는가. 나도 이 칼을 너에게 주니 너도 이 칼을 용검할 때 정주산석111에 갈아 수절112 공방113 범하는 놈 네 수단껏 잘 찌르면 만인은 못 당해도 한 사람은 당할 수 있을 것이다."

애랑이 칼을 받아 놓고 또 앉아 울었다.

---

109 형가(荊軻, ?~기원전 227년): 중국 전국 시대(戰國時代) 위(衛)나라의 자객으로 연(燕)나라 태자 단(丹)을 위해 진시황[秦始皇]을 죽이려다 실패하여 살해되었다.
110 관운장(關雲長, ?~219년): 중국 하동군 해현(解縣) 사람으로 이름은 '우(羽)'이고, '운장(雲長)'은 자이다. 후한(後漢) 말기 의제 장비(張飛)와 더불어 유비(劉備)를 섬기며 촉한 건국에 많은 공로를 세웠으며, 신의(信義)를 생명보다 중히 여긴 장군이다.
111 정주산석(定州山石): 평안북도 정주에서 나는 산석.
112 수절(守節): ① 절의(節義)를 지킴. ② 정절(貞節)을 지킴.
113 공방(空房): ② (특히 여자가) 혼자 자는 방. 공규(空閨).

"여보 나리 들으시오. 나리 입으신 숙수창의[114]와 분주[115] 바지를 벗어 소녀에게 주고 가시오."

정 비장이 말했다.

"여자의 옷을 달라기가 괴이하지 않거니와 남자의 옷이야 네게 쓸데없지 않으냐?"

"애고 남의 설운 사정 그다지 모르신단 말이오. 나리 상하 의복 활활 떨어 입어 보고 착착 접어 홰에 걸고 앉아서 보고, 서서 보고, 누워서 보고, 일어나 보고, 문 열고 밖에 나가 이리저리 거닐다 보고, 무궁무진 설운 정희를 나으리 생각 절로 날 때 나며 들며 빈방 안에 홀로 앉아 잠 못 이뤄 수심 겨워 앉았을 때, 기러기 없으니 편지 부치기 어렵고 수심이 많으니 꿈을 이루지 못해 앉았다 섰다 나그네 계신 데 한숨 쉬고 첩첩 설움 다 버리고 방 안으로 들어가니 이별 낭군은 가 계셔도 옷은 홰에 걸렸으면 옷 벗어 홰에 걸고 누웠는 듯, 소피 간 듯, 일천 설움, 일만 근심, 옷을 보며 풀어지니 얼마나 좋은 일이겠어요?

정 비장은 혹한 마음에 활활 벗어 모두 주니 애랑이 옷을 받아 놓고 또 앉아 울었다.

"여보오 나리 들이시오. 나리 이별 후 때때로 생각나니 답답하

---

114 **숙수창의**: 숙수라는 옷감으로 만든, 벼슬아치의 평상시 윗옷.
115 **분주(粉紬)**: 희고 고운 명주.

고 설움을 어이 하오리까. 설움 풀 것 가엾소. 무얼 가지고 설움을 풀까. 나리 입으신 고의적삼116 소녀에게 벗어 주면 제 손으로 착착 접어 임 생각 잠 못 이루고 누웠다가 나의 고의적삼을 나리와 둘이 자는 듯이 담숙 안고 누웠다가 옷가슴을 열고 보면 향기로운 임의 땀내 폴삭폴삭 일어나 코를 찌르면 소녀가 그 냄새를 맡고 설움을 풀고 지낼까 하니 그 얼마나 다정한 일이 아니겠소?"

정 비장은 더 서슴지 않고 입고 있던 고의적삼마저 벗어 애랑에게 주니 정 비장이 알비장이 되었다. 밑천을 감출 일이 없어 방자를 불렀다.

"방자야"

"예."

"가는 새끼 줄 두 발만 들여오너라."

정 비장이 개짐117을 만들어 제마 입에 쇠자갈 먹인 것 같이 잔뜩 되우 차고 두런거리며 말했다.

"어허 바다 한가운데 섬이라서 그런지 날씨가 매우 차다."

애랑이 또 여쭈었다.

"나리 들어 보시오. 옷은 그만 벗어 주고 나리 상투118를 좀 베

---

116 **고의적삼**: 홑바지와 저고리.

117 **개짐**: 여자가 월경 때 샅에 차던 헝겊.

118 **상투**: 예전에, 장가든 남자가 머리털을 끌어 올려서 정수리 위에 틀어 감아 매던 것. 대개 망건(網巾)을 쓰고 동곳을 꽂아 맴.

어주시면 소녀가 머리를 딸 때에 나리가 베어 주시고 간 상투머리를 한데 넣어서 땋을까 합니다. 그러면 두 몸이 한 몸이 된 것 같으니 그 아니 다정하옵니까."

정 비장이 말했다.

"네 말을 들으면 아무리 정리는 그렇지만 나는 바로 경텃절[119] 몽구리[120] 아들이 되란 말이냐."

애랑이 통곡하였다.

"나리 여보 내 말씀 듣소. 나리가 아무리 다정하다 하여도 소녀 뜻만 못하오니 애닯고 그 아니 원통한가. 그는 그러하거니와 분벽사창[121] 마주 앉아 서로 보고 당싯당싯 웃으시던 앞니 하나 빼어 주오."

정 비장은 어이가 없었다.

"이제는 부모가 물려준 몸까지 헐라 하니 그는 엇다 쓰려느냐."

애랑이 여쭈었다.

"앞니 하나 빼어 주면 손수건에 싸고 싸서 백옥함[122]에 넣어두

---

119 **경텃절[淨土寺]**: 신라(新羅) 경덕왕(景德王) 5년 746년에 진표 대사가 창건하여 정토사(淨土寺)라 하였는데 음이 변하여 경텃절이라 불렀다. 지금의 서울시 서대문구 백련사.

120 **몽구리**: ① 바싹 깎은 머리. ② '중'의 별명.

121 **분벽사창(粉壁沙窓)**: 하얗게 꾸민 벽과 비단으로 바른 창이라는 뜻으로, 여자가 거처하며 아름답게 꾸민 방을 일컫는 말.

122 **백옥함(白玉函)**: 흰 옥으로 만든 함.

고 눈에 암암123 귀에 쟁쟁 님의 얼굴 보고 싶은 생각나면 종종 내어 설움 풀고 소녀 죽은 후에라도 관 구석에 같이 넣어 합장124을 할 것이니 이 아니 다정하오."

정 비장은 더 지체하지 않았다.

"공방 고자125야! 장돌이 집게 대령하여라."

"예. 대령하였소."

"네, 이를 얼마나 빼어 보았는가?"

"예 많이는 못 빼어 보았으나 서너 말가량은 빼어 보았소."

"다른 이는 상하지 않게 앞니 하나만 쏙 빼어라."

공방 고자가 대답했다.

"소인이 이 뽑는 데는 숙수단126이 났사오니 어련하오리까."

공방 고자가 작은 집게로 잡고 빼었으면 쏙 빠질 것을, 큰 집게로 잡고 좌충우돌하는 창검처럼 무수히 어르다가 뜻밖에 코를 한 번 '탁' 치니 정 비장이 코를 잔뜩 얼싸안았다.

"어허 봉패127로다. 이놈 너더러 이 빼랬지 코 빼라더냐."

---

123 암암(暗暗): 잊히지 않고 가물가물 보이는 듯한 모양을 나타내는 말.

124 합장(合葬): 둘 이상의 시체를 한 무덤에 묻음. 부장(附葬).

125 고자(庫子): 조선 시대, 각 군아에 있는 창고의 출납을 맡아보는 하급 관리를 이르던 말.

126 숙수단(熟手段): 익숙한 수단.

127 봉패(逢敗): 낭패를 당함.

공방 고자가 여쭈었다.

"울리어 쑥 빠지게 하느라구 코를 좀 쳤소."

정 비장은 어이가 없었다.

"이 빼란 것은 내 잘못이다."

구관 사또가 떠나는 배는 이미 대령이 된 지 오래였다. 떠날 사람은 모조리 탔고 다만 정 비장만이 여기에 남아 있었다. 배는 떠나겠다고 호각을 연방 불어 젖혔다. 그 소리에 방자가 달려들었다.

"나으리 어서 떠납시다. 벌써 사또께서는 배에 오르셨고 곧 배가 떠날 것입니다."

정 비장은 하릴없이 일어서며 탄식하였다.

"한양 가는 배 떠나자 재촉하니 서럽고 쌓인 회포는 태산 같구나… 님은 잡고 아니 놓네."

애랑은 정 비장의 손을 잡고 발을 굴며 탄식하였다.

"우연히 만나신들 나를 두고 어디 가오. 진나라의 방사128 서시129가 진시황의 뜻을 좇아 동해에 자리 잡고 있다는 삼산130으

---

128 방사(方士): 신선의 술법을 닦는 사람.

129 서시(徐市): 진(秦)나라 때의 방사(方士)로 사마천의 『사기(史記)』 「진시황본기(秦始皇本紀)」에 등장하는 인물이다. 진시황(秦始皇)을 위하여 동남동녀(童男童女) 5백 명을 데리고 삼신산(三神山)에 있다는 불사약을 구하려고 떠나서 돌아오지 않았다 한다.

130 삼산(三山): 중국 전설에 나오는 봉래산(蓬萊山), 방장산(方丈山), 영주산(瀛洲山).

로 약을 캐러 갈 때 동남동녀131를 실어 가고 월나라의 범상국132
도 오나라에 빼앗겼던 서시를 다시 찾아 만리선133에 서시를 실었
으니 하루 천 리 가는 저 배에 님도 나를 실어 가소. 살아서 못
볼 님 죽어 환생하여 다시 볼까. 낭군은 죽어 학이 되고 소녀는
죽어 구름 되어 학은 구름을 따르고, 구름은 학을 따르고…… 흰
구름 첩첩…… 가는 곳마다 구름 가운데에서 노닐어 볼까."

정 비장이 화답한다.

"너는 죽어 그림 되고, 나는 죽어 학이 되어 서로 구름 가운데에
서 노닐자는 말 아주 좋구나. 나도 한마디 할 말이 있다. 너는 죽
어 고당명경134 밝고 밝은 몸거울 되어라. 나는 죽어 동쪽에 번듯
뜨는 해가 되겠다. 그러면 서로 비칠 것이니 여기서 다하지 못한
정을 서로 풀어 볼 수 있을 것이 아니냐?"

이렇게 정 비장과 애랑이 애절하게 작별할 때 신관 사또의 앞장
을 섰던 예방 비장인 배 비장의 눈에 이 모습이 띄었다. 배 비장은

---

131 동남동녀(童男童女): 남자아이와 여자아이.
132 범상국(范相國): 범려(范蠡). 월나라 왕 구천(勾踐)의 재상.
133 만리선(萬里船): 거리가 먼 것을 취한 말로서 옛사람들이 대개 거리가 멀다는 뜻
으로 인용했다. 두보(杜甫)의 시에 "문밖에는 머나먼 동오로 떠날 배가 머물고 있
네(門泊東吳萬里船문박동오만리선)"라는 시구에 보인다.
134 고당명경(高堂明鏡): "높은 집 거울"이라는 뜻으로 이백(李白)의 시「장진주(將進
酒)」의 "높은 집 거울 앞에서 백발을 슬퍼하느니(高堂明鏡悲白髮고당명경비백
발)"이라는 시구에 보인다.

뒤따르는 방자를 불러 물었다

"저 건너편 저 노상에서 청춘 남자와 소년 여자가 서로 잡고 못 떠나는 저 거동이 무슨 일이냐?"

방자가 대답했다.

"기생 애랑이와 구관 사또를 모시고 있던 정 비장과 떠나노라고 작별 인사하고 있는 줄 아뢰오."

배 비장이 그 말을 듣고 혀를 끌끌 찼다.

"허랑한135 사나이로다. 이친척원부모136하고, 천리 밖에 와서 아녀자에 푹 빠져 저렇게 애걸하니 체면이 틀렸다. 우리야 만고절색137 아니라 양귀비 서시 같은 계집이 옆에 있더라도 눈이나 떠 보게 되면 박색138의 아들이다."

방자가 코웃음을 쳤다.

"나리도 남의 말씀을 쉽게 마옵소서. 애랑의 은은한 태도와 연연한 얼굴빛을 보시면 오목 요(凹) 자에 몸을 묻어 게다가 세간살이139를 할 것입니다."

---

135 허랑하다(虛浪—): 말과 행동이 허황하고 착실하지 못하다.
136 이친척원부모(離親戚遠父母): 친척들과도 헤어지고 부모 슬하를 멀리 떠나다.
137 만고절색(萬古絕色): 세상에 비길 데 없을 만큼 뛰어난 미인.
138 박색(薄色): 여자의 아주 못생긴 얼굴. 또는 그런 사람.
139 세간살이: ① 집안 살림에 쓰는 온갖 물건. ② '소꿉장난'의 방언이었으나 표준어로 인정됨.

배 비장이 율기140를 잔뜩 빼며 방자를 꾸짖었다.

"이놈 네가 양반의 생각을 어찌 알고 경솔이 말을 하는가."

"그러면 황송하오나 소인과 내기하옵시다."

"무슨 내기를 하려느냐?"

"나리께서 올라가시기 전에 저 기생에게 눈을 아니 뜨시면 소인의 다솔식구141가 댁에 가서 드난밥142을 먹삽고 만일 저 기생에게 반하오시면 타신 말을 소인에게 주기로 하십시다."

배 비장이 대답하였다.

"그는 그리하여라. 말값이 천금이로되 내기하고 너를 속이랴."

한참 이러할 때 신관 사또와 구관 사또는 서로 관인143을 넘겨주고 받았다. 드디어 신관 사또가 도임차로 들어갔다. 구름 같은 전후좌차144 좌우청장145 번듯 들고 호들거리며 들어갈 때 삼현

---

140 율기(律己): ① 안색을 바로잡아 엄정히 함. ② 자기 자신을 다스림. 율신(律身).

141 다솔식구(多率食口): 많은 식구를 거느림.

142 드난밥: 드난살이하면서 얻어먹는 밥. 밥만 얻어먹으면서 남의 집에서 일하는 일꾼의 밥.

143 관인(官印): 관청 또는 관직의 도장.

144 전후좌차(前後座次): 전후의 좌석 배치 '좌차(座次)'는 어떤 자리에 앉는 차례.

145 좌우청장(左右靑杖): 왼쪽과 오른쪽의 청장. '청장(靑杖)'은 의식 때 쓰는 푸른 막대기.

수146 · 취타수147며 전배148 · 후배149 · 사령군로150를 비롯하여
앞뒤에 줄줄이 늘어섰다. 북 · 장고 · 해금 · 대평소 · 피리 등으로
풍악을 갖추게 하고, 물색 좋은 청일산151에 호기가 등등하였다.

뚜르르, 따, 따…… 뚜르르, 따, 따…….

고운 기생들은 한껏 단장하고 동문 밖에 나와 줄줄이 늘어서서
마중하였다. 청도152 한 쌍, 순시153 두 쌍, 오색기치154의 군기155
는 찬란하였다. 전배 비장156은 대단천익157이라는 공복158을 입
고 넓은 띠를 두르고, 순은으로 장식하고 도금을 한 활을 비껴차
고, 저모립159에는 은실로 장식한 맹호수160를 보기 좋게 꽂아 쓰

---

146 삼현수: 두 개의 피리와 대금 · 해금 · 장구 · 북이 각각 하나씩 편성되는 풍류인
    삼현육각(三絃六角)을 연주하는 악사들.
147 취타수(吹打手): 취타하던 군사.
148 전배(前陪): 벼슬아치의 행차 때나 상관의 배견(拜見) 때, 앞에서 인도하던 하인.
149 후배(後陪): 벼슬아치의 행차 때나 상관의 배견(拜見) 때, 뒤따르던 하인.
150 사령군로(使令軍奴): 각 관아에서 심부름하던 사람.
151 청일산(靑日傘): 청색 일산. 수령(守令)이 부임할 때 받음.
152 청도(淸道): 장기(章旗)의 하나.
153 순시(巡視): 돌아다니며 사정을 살펴 봄. 또는 그런 사람.
154 오색기치(五色旗幟): 다섯 빛깔의 기치(예전에, 군대에서 쓰던 깃발).
155 군기(軍旗): 군의 각 단위 부대를 상징하는 기.
156 전배 비장(前陪裨將): 앞에 서서 인도하는 비장.
157 대단천익(大緞天翼): 대단으로 만든 천익. '대단'은 중국에서 나는 비단. '천익'은
    상의와 하의를 따로 구성하여 허리에 연결시킨 포(袍).
158 공복(公服): 지난날, 관원이 평상시 조정에 나아갈 때 입던 제복. 조의(朝衣)의
    하나.

고, 공주면주161로 만든 사마치162를 걸쳐 입고, 안장 위에 호랑이 가죽을 깔고 흰 말 위에 높이 앉아 도도하게 나아간다.

앞선 비장의 모습이 이러하거니와 모두의 행색이 저 구름과 같이 노닌다는 신선 같기도 하고, 달 가운데에 있다는 백옥경163에서 내려온 듯하였다. 일행이 영무정을 바라보고 산지 내를 얼핏 건너, 북수각을 지나 놓고, 칠성골을 지나, 너른 길로 관덕정을 돌아들었다. 백성들은 신관 사또의 도임을 구경하고자 남녀노소 할 것 없이 줄줄이 늘어서 바라보고 있었다.

신관 사또 일행이 만경루를 거쳐 도임하였다. 신관 사또는 새로 도임하는 절차를 마치니, 각 비장들은 신관 사또에게 새로 웃어른을 대하는 인사를 하고 각자 정해진 처소로 돌아왔다 서쪽 하늘에 해가 지고 동쪽 하늘에 달이 솟아올랐다. 바람은 맑고 달은 밝아 태평한 기상이 좋았다.

여러 비장들은 처소를 정하여 피로도 잊은 듯 각자 마음에 드는 기생을 골라서 노래를 부르게 하고 거문고를 뜯게 하여 제주에 온

---

159 저모립(豬毛笠): 돼지털로 싸개를 한 갓. 죽사립(竹絲笠) 다음가는 것으로 당상관 (堂上官)이 썼음.
160 맹호수(猛虎鬚): 주립(朱笠)의 네 귀에 장식으로 꽂는 흰 빛깔의 새털을 이르던 말.
161 공주면주(公州綿紬): 공주에서 산출되는 명주. 너비가 좁은 평직의 견직물.
162 사마치: 예전에, 융복(戎服)을 입고 말을 탈 때에 두 다리를 가리던 아랫도리옷.
163 백옥경(白玉京): 하늘 위에 옥황상제가 산다는 가상적인 서울. 옥경(玉京).

첫날 밤을 즐기기로 하였다. 이때 배 비장은 피도에 놀란 심회도 풀 겸 기생들과 한가지로 놀고 싶었으나 이미 정한 내기가 있어 어찌 할 수가 없었다. 그는 남이 노는 것을 비아냥거리며 앉아 있었다.

여러 비장들은 제각기 기생들과 즐겨 놀다가 문득 생각난 듯이 배 비장을 떠올렸다.

"그런데 예방이 보이지 않는군그래……."

"아까 배 위에서 혼쭐이 나 어디 아픈가?"

"허, 기생이라면 사족을 못쓰는 예방이 거 이상한 일이여……."

"방자를 보내 찾아봄세."

여러 비장들은 방자를 불러 배 비장을 찾아보기로 했다.

"방자야!"

"네."

"예방 나리께 가서 문안드리고자 한다고 하여라. 그리고 제주도에 와서 수심이 가득한 듯 하온데 어찌 된 일이냐고 물어보아라. 고향 생각 너무 마옵시고, 어여쁘게 생긴 기생을 골라 수청이나 들게 하옵고, 이곳으로 내려와서 하룻밤을 기생과 정담을 나누고 노래와 춤을 즐기자고 여쭈어라."

방자가 분부 듣고 배 비장에게 달려갔다.

"나으리."

"어인 일인고?"

배 비장은 식혜 먹은 고양이 얼굴을 하고 방자를 노려보았다.

방자는 히죽히죽 웃으며 다른 비장들의 전갈을 전하였다.

전갈을 들은 배 비장은 화답을 하였다.

"먼저 물어 주시니 대단히 송구하옵니다. 나리들께서는 나와 동시 한양에서부터의 친구로서 나의 근본을 모르시니 애달픕니다. 나는 본시 구대째 내려오는 정남164이라 전연 잡된 마음은 없사오니 내 말씀은 마시옵고 나으리들께서 마음껏 노옵소서 하고 여쭈어라."

방자는 재빨리 대답했다.

"예."

방자가 막 돌아서서 가려고 하는데, 무슨 급한 일이나 있는 듯이 방자를 불렀다.

"이애 방자야!"

"예!"

"앞으로 만일 지금 이후로 기생년들을 내 눈앞에 비취었다가는 엄한 벌을 주리라."

"왜요?"

"왜요? 무슨 왜요야. 그렇다면 그런 줄 알지."

배 비장이 하던 말을 방자가 다른 비장들에게 전했다.

"뭣이라고 예방이 그런 말을 하더라고?"

"하하하하. 거 이상한 일이로구나. 기생이라면 혹하는 사람이

---

164 정남(貞男): ① 여색(女色)에 초연한 남자. ② 숫총각.

기생을 눈앞에 얼씬거리지도 말게 하라."

"거 정말 이상한 일이로구나."

배 비장의 이야기는 사또 김경의 귀에도 들어갔다.

"허허허허…."

사또는 뒷짐을 지고 대청을 오르내리며 껄껄거렸다.

"정말 괴이한 일이로다. 배 비장이 계집을 탐하는 거 내가 다
알고 있는 터인데, 이건 또 무슨 꿍꿍이속일꼬?"

고개를 갸웃거리던 사또는 좋은 생각이 떠올랐다는 듯이 한바
탕 웃어 젖혔다.

"흠 그렇다면 나에게도 다 생각이 있지."

이튿날, 사또는 기생들을 모두 불러들였다.

호방은 안책을 들여놓고서 무슨 글귀를 외우듯이 기생들의 이
름을 차례로 불렀다.

"위성조우 읍경진하니 객사청청유색신이165, 사창 섬섬영
자166 초월이, 차문주가 하처재요 목동요지행화167, 사군불견168

---

165 위성조우 읍경진(渭城朝雨浥輕塵, 위성에 내리는 아침 비가 먼지를 적시니)하니,
    객사청청유색신(客舍靑靑柳色新, 손님이 머문 방의 짙푸른 버들은 빛깔이 싱그럽
    네.): 중국 당(唐)나라의 시인·화가인 왕유(王維, 699년~759년)의 시 「송원이사
    안서(送元二使安西)」에 나오는 시구에 보인다.
166 사창(紗窓) 섬섬영자(纖纖影子): 고운 비단으로 바른 창에 하늘하늘 그림자가 비치
    는.
167 차문주가하처재(借問酒家何處在, 주막이 어디 있는가 물으니)오, 목동요지행화촌

반월이, 독좌유황169 금선이, 어주축수170 홍도, 사시장춘171 죽엽이, 얼굴이 곱다 화색이, 태도 곱다 월하선이, 줄풍류172에 봉하운이, 노래 으뜸에 추월이, 만당춘광173에 홍련이 적하인간174에 에 탕진이, 대방 기생175에 억란이, 행수 기생176에 차길예, 가무수작이 능란하다. 얼굴 예쁘기로 양귀비 빰치는 애랑이……

(牧童遙指杏花村, 목동은 멀리 살구꽃 핀 마을을 가리키네): 중국 당나라의 시인 두목(杜牧, 803년~852년)의 「청명(淸明)」에 나오는 시구에 보인다.

168 사군불견(思君不見, 임을 생각하나 보지 못한다.): 중국 당나라의 시인인 이백(李白, 701년~762년)의 시 「아미산월가(峨眉山月歌)」에 나오는 시구에서 따온 말이다.

169 독좌유황(獨坐幽篁, 고요한 대숲에 홀로 앉아): 중국 당(唐)나라의 시인·화가인 왕유(王維, 699년~759년)의 시 「죽리관(竹里館)」에 나오는 "독좌유황이, 단금복장소(獨坐幽篁裏, 彈琴復長嘯, 고요한 대숲에 홀로 앉아 거문고 타며 노래를 불러보네)"의 시구에 보인다.

170 어주축수(漁舟逐水, 고깃배를 타고 물을 따라가며): 작자 미상의 「유산가(遊山歌)」에 나오는 "어주축수 애산춘(漁舟逐水愛山春)이라던 무릉도원(武陵桃源)이 예 아니냐. 고깃배를 타고 물을 따라가며 봄 산의 경치를 즐기니 무릉도원이 바로 여기가 아니겠는가?"에 나오는 구절에 보인다.

171 사시장춘(四時長春): ① 어느 때나 늘 봄과 같음. ② 늘 잘 지냄.

172 줄풍류(一風流): 거문고나 가야금 따위의 현악기로 연주하는 풍류.

173 만당춘광(滿堂春光): 봄빛이 가득한 방.

174 적하인간(謫下人間): 인간 세상에 귀양 와. 유영길(柳永吉, 1538년~1601년)의 「용저녀(舂杵女)」에 나오는 "적하인간수법성(謫下人間手法成, 인간 세상 귀양 와도 그 솜씨는 능숙하네)"의 구절에 보인다.

175 대방 기생: 대방 역할을 하는 고참 기생.

176 행수 기생: 행수 역할을 하는 고참 기생.

예, 등대177하였소."

사또가 분부하였다.

"너희 중에 배 비장을 혹하게 하여 웃게 하는 자가 있으면 후하게 상을 줄 것이니 그리할 기생이 있느냐."

그중에 애랑이 여쭈었다.

"소녀가 불민하오나178 사또 분부대로 거행할까 하나이다."

"네 능히 배 비장을 훼절179시킬 재주가 있으면 제주 기생 중에 인재가 있다 하리라."

애랑이 또 여쭈었다.

"요즈음은 놀기 좋은 봄이 오니 내일 한라산에서 꽃놀이를 하옵시면 소녀가 그 기회를 타서 배 비장을 한 번 호려180보겠나이다."

이튿날.

사또가 각방 비장과 의논하고, 한라산에 꽃놀이를 나갔다. 사도의 행장은 위의181있고, 호화로웠다. 용의 머리를 새긴 주홍남여182를 타고 호피183를 깔고 앉았다. 전월 부월184과 순시영기185

---

177 등대(等待): 미리 준비하고 기다리는 것.
178 불민하다(不敏—): 어리석고 둔해 민첩하지 못하다.
179 훼절(毁節): 절개나 지조를 깨뜨림.
180 호리다: 유혹하거나 꾀어 정신을 흐리게 하다.
181 위의(威儀): 위엄이 있고 엄숙한 태도나 몸가짐.
182 주홍남여(朱紅藍輿): 누른빛을 약간 띤 붉은빛의 남녀. '남여'는 모양이 의자와 비슷하고 위를 덮지 않은 작은 가마.

등 의장을 갖추고, 푸른 저고리 다홍치마를 입은 기생들은 백수 한삼186 높이 들어 풍악 중에 노닐며 지야자자 소리를 불렀다. 산속으로 들어서니 속세를 떠난 기운이 돌며 온갖 새가 울음 운다. 봄바람에 엉클어지고 뒤틀어진 가지에는 나뭇잎이 푸르렀으며, 구비구비 휘휘돌쳐 우루렁 출정 풍풍 뒤질러 좌르르 콸콸 흐르는 물은 곳곳에 폭포로 되었으니 참으로 아름다웠다.

　사또가 소나무 아래에 남여를 내려놓게 하고 경개를 살펴보았다.

　멀리 제주도를 둘러싼 푸른 바다는 하늘과 같은 푸른 빛으로 끝없이 펼쳐져 있고, 점점 어선은 넓은 바다에 돛을 달고 골골이 드나들었다.

　"참으로 절경이로구나."

　사또가 연방 감탄사를 발했다.

　"참으로 절경이로구나."

---

183 호피(虎皮): 범의 털가죽.

184 　부월(斧鉞): 출정하는 대장에게 통솔권의 상징으로 임금이 손수 주던 작은 도끼와 큰 도끼. 정벌, 군기, 형륙(刑戮)을 뜻한다.

185 순시영기(巡視令旗): 순시기(巡視旗)와 영기(令旗). '순시기(巡視旗)'는 군중에서 죄를 지은 자를 적발하고 처벌하는 임무를 맡은 순군이 소지한 깃발로 푸른색 바탕에 붉은 글씨로 순시라고 표시되어 있고, '영기(令旗)'는 명령을 군중에 전달하는 데 쓰는 것으로 푸른색 바탕에 붉은 글씨로 영이라고 표시돼 있다.

186 한삼(汗衫): 손을 감추기 위하여 두루마기나 여자의 저고리 소매 끝에 흰 헝겊으로 길게 덧대는 소매.

비장들이 맞장구를 쳤다.

"예 그러하옵니다."

"옛적에 소동파187가 이곳을 보았다면 적벽강188에서 어이 놀았겠는가? 그리고 또 등왕각189 악무190중에 왕발191이 보았다던 '낙하여고목제비192'를 여기 와서 읊었으리라."

"예 그러하옵니다."

사또는 다시 경개를 살펴보았다.

"멀리 갈 게 뭐 있나 여기서 꽃놀이를 하도록 하자."

"예 그게 좋겠습니다."

대령하였던 하인배들이 자리를 마련하느라고 분주해졌다.

사또와 모든 비장들은 기생들이 따라주는 감홍로193와 계당주194를 취하도록 먹고 춘흥195에 겨워 노닐었다. 배 비장은 가장

---

187 소동파(蘇東坡, 1036년~1101년): 소식(蘇軾). 중국 북송(北宋)의 시인. 아버지 소순, 동생 소철과 함께 '3소(三蘇)'라고 일컬어진다.

188 적벽강(赤壁江): 중국 양쯔강 상류에 있는 강.

189 등왕각(滕王閣): 중국 장시성(江西省) 난창시(南昌市)에 있는 누각. 황학루(黃鶴樓) · 악양루(岳阳楼)와 더불어 중국 강남 3대 명루(江南三大名楼)로 꼽힌다.

190 악무(樂舞): 음악과 무용. 노래와 춤.

191 왕발(王勃, 647년~674년): 당나라의 시인.

192 낙하여고목제비(落霞與孤鶩齊飛, 저녁노을은 짝 잃은 기러기와 나란히 날고): 왕발의 「등왕각서(藤王閣序)」에 보이는 한 구절이다.

193 감홍로(甘紅露): 소주에 누룩과 약재 따위를 넣어 우린 술. 감홍주.

194 계당주(桂糖酒): 계피와 꿀을 소주에 넣어 만든 술.

195 춘흥(春興): 봄철에 절로 일어나는 흥과 운치.

청고한 척하고 바위 위에 단좌196하여 남이 노는 것 비양하고 시를 지어 읊었다.

"어흠, 하늘은 높고 멀어 한양은 천 리 길이요, 바다는 넓어 영주197는 만경창파198 속에 있겠다. 꽃 같은 미인을 원수같이 보고 한 잔 술에 취하여 무한한 강산의 경치를 바라보노라."

이때 배 비장이 시를 읊고 무료히 앉아 있다가 우연히 수포동199 녹림200 사이를 바라보니, 개울이 있는 양편에는 도화201가 흐드러졌는데, 흘낏 한 여인이 온갖 교태를 다 부리며 봄빛을 희롱하고 있었다. 여인은 봄빛을 못 이기는 듯 앉아 보기도 하고, 이리저리 거닐기도 하였다.

"허, 이리저리 거동하는 모습이 마치 월계화202 명월궁에 양대운우203 깊은 곳에 무산선녀 노니는 듯하구나."

---

196 단좌(單坐): 혼자 앉음.
197 영주(瀛州): 제주도.
198 만경창파(萬頃蒼波): 한없이 넓고 푸른 바다의 물결.
199 수포동(水布洞): 제주도 한라산에 있는 골짜기.
200 녹림(綠林): 푸른 숲.
201 도화(桃花): 복숭아꽃.
202 월계화(月桂花): 꽃 빛깔이 분(粉)처럼 희고 잎이 둥글며 큰 꽃. 나라에 경사가 있을 때 궁중에서 베풀던 잔치인 진연(進宴), 진연에 비해 의식이 간단한 궁중의 잔치인 진찬(進饌) 등 궁중에서 국빈(國賓)을 대접하는 일. 또는 그 잔치인 연향(宴享)에서 사용하는 채화(綵花)의 한 종류이다.
203 양대운우(陽臺雲雨): 남녀의 만남.

배 비장은 숨을 깊이 몰아쉬며 여인한테서 눈길을 떼지 않았다.

이윽고 여인은 무산선녀[204] 노니는 듯 상하 의복을 활활 벗어 반석 위에 올려놓고 물에 풍덩 뛰어들었다.

"앗 저런……."

배 비장은 자기도 모르게 소리를 질렀다.

여인은 물결 따라 내려가며 이리 첨벙 저리 첨벙 손으로 물을 쳐서 물방울을 휘날리기도 하였다.

맑은 물 한 줌을 옥수[205]로 담쏙 쥐어 분길 같은 두 손을 칠팔월 가지 씻듯 보드득 소리가 나도록 씻어 보고 푸른 연잎을 뚝 떼어서 맑은 물 담숙 떠서 양치질도 솰솰하며 왁 토하여 뿜어도 보고 한 줌을 덤벅 쥐어 연적 같은 젖퉁이도 씻어 보고 버들잎도 주르륵 훑어 내려 흐르는 물에 훨훨 띄어도 보고 활짝 핀 꽃도 따서 입에 담뿍 물어도 보고 꽃가지도 질근 꺾어 머리에도 꽂아보고 물그림자 보고 솰솰 흩어 개울 속에 노는 물고기를 희롱하고 조약돌도 얼른 집어 버드나무 가지 위에 앉아 있는 꾀꼬리를 아주 툭 쳐

---

204 **무산선녀(巫山仙女)**: 무산지몽(巫山之夢)의 고사에 등장하는 선녀. '무산지몽'은 무산의 꿈이란 뜻으로, 남녀 간의 은밀한 밀회를 가리키는 말이다. 출전은 『문선(文選)』에 실린 중국 전국 시대(戰國時代) 송옥(宋玉)의 「고당부병서((高堂賦幷序)」이다. 「고당부병서(高堂賦幷序)」는 초나라 회왕(懷王)이 현재의 중국 동정호(洞庭湖)인 운몽(雲夢)에 있는 고당관에서 꿈속에 무산의 조운(朝雲)이라는 여자와 며칠을 지내며 동침(同寢)했다는 이야기를 내용으로 쓴 것이다.

205 **옥수(玉手)**: 여자의 아름답고 고운 손.

날려도 보고 검은 머리를 풀어 물에 감기도 하고 양편으로 갈라내기도 하는 모양이 어떻게 보면 큰 고기가 용이 되어서 하늘로 올라가려고 꿈틀거리는 듯하기도 하였다. 손도 씻고 발도 씻고 등도 씻고 배도 씻고 가슴도 씻고 젖가슴도 씻고 샅도 씻고… 한창 이렇게 목욕을 할 때 배 비장이 그 모습을 보고 어깨를 실룩거리며 정신을 잃어 구대째 내려오는 정남은 간데없고 도리어 음남이 되어 눈을 모로 뜨고 숨을 거칠게 내쉬었다.

"저 여인이 누구인지 모르겠지만 여러 사내 간장 녹였겠다."

배 비장은 그 여자의 근본을 듣고 싶었으나 묻지도 못하고 군침만 꼴깍꼴깍 삼켰다.

해는 너웃너웃 서쪽으로 기울기 시작하였고, 꽃놀이도 파장에 가까웠다.

"이제 돌아갈 차비를 하라."

사또가 남여를 타고 산을 내려가기 시작했다. 여러 비장과 기생과 하인들도 일제히 길을 떠나기 시작했다. 배 비장은 물속의 여인을 염두에 두고 뒤처지기로 마음먹고 한 꾀를 내었다.

배 비장은 꾀병으로 배앓는다.

"아이고 배야, 아이고 배야."

배 비장은 두 손으로 배를 움켜쥐고 땅바닥에 대굴대굴 굴었다.

여러 비장들이 서로의 얼굴을 쳐다보며 수군거렸다.

"벌써 혹하였나보이."

"그런가보이……."

여러 비장들은 곁 인사로 배 비장을 위로한다.

"예방께서는 급곽란206인가 싶으니 침이나 한 대 맞으시오."

"아니오. 침 맞을 병이 아니오. 진정하면 낫겠소."

여러 비장들이 웃음을 참고 방자를 불렀다.

"너의 나리 병환은 진정하면 낫는 병이라 하시니 진정하여 잘 모시고 오너라."

여러 비장들이 배 비장에게 말했다.

"이대로 사또께 잘 여쭐 것이니 마음 놓고 진정하고 오시오."

"동관207께서 이처럼 염려하시니 감사하거니와 사또께 미안하지 아니하도록 잘 여쭈어 주시기를 바라오. 에고 배야."

그중에 비장 하나가 짓궂기가 짝이 없는지라 배 비장을 골려주려고 수작한다.

"글랑은 염려 마시오. 사또께서도 동관께서 이런 때 없는 병이 있는 줄 짐작하시는 갑디다. 들으니 이런 배 앓는 데는 기집의 손으로 문지르는 것이 당약208이라 하니 기생 한 년을 두고 갈 것이니 잘 문질러 보시오."

---

206 급곽란(急霍亂): ① 음식이 체하여 갑자기 토하고 설사하는 급성 위장병. ② 콜레라.
207 동관(同官): 같은 관아에서 일하는 동급의 관리.
208 당약(唐藥): ① 자주쓴풀을 말린 것. ② 한방약. ③중국에서 들어오는 약재.

"아니오. 내 배는 다른 이와 달라서 기생을 보기만 하여도 더 아프니 그런 말씀은 내 귀에 다시 마오. 에고 배야."

"그 배 이상한 배요. 기집 말만 하여도 더 앓소 그려. 우리 다 같은 한양 사람으로 천 리 밖에 와서 정의가 형제 같은 터에 저처럼 고통하는 것을 혼자 두고 갈 수 있소. 진정되거든 같이 갈 수밖에 없소."

"아니오. 동관께서는 내 성미를 모르시는가 뵈다. 나는 병이 나면 혼자 진정을 해야 속히 낫지만 형제 간이라도 같이 있으면 낫기는커녕 새로이 더 아프니 사람을 살리려거든 제발 어서 가시오. 에고 배야, 에고 배야… 죽겠소."

"그러시면 갈 수밖에 없으니 혼자 갔다고 무정타 하지 마시오."

한참 수작을 늘어놓던 비장이 사또를 모시고 산을 내려갔다. 이제 산 위에는 배 비장과 방자만이 남게 되었다. 배 비장은 그 여인을 보려는 급한 마음에 배를 앓으며 방자를 부른다.

"방자야, 에고 배야."

"예."

"이 애야 나는 여기를 오더니 취안이 몽롱하여 지척을 못 보겠다 에고 배야."

"소인도 나리께서 애쓰는 것을 뵈오니 정신이 없습니다."

"우리 사또께서 어디쯤 가시는지 자세히 보아라."

"산길을 내려가고 계시오."

"에고, 배야 또 보아라."

"산모퉁이를 지나시었소."

"에고, 배야 또 보아라."

"수불상견209에 가리었소."

"이놈! 네 놈이 무슨 문자를 쓰느냐?"

"나으리 아픈 배는 어떻게 되었소?"

"산회노전에 불견군210이라."

"그게 무슨 말이오?"

"무슨 말은 무슨 말… 내 배가 그만 아프다는 말이지."

"헤헤헤……."

방자가 히죽 웃었다.

배 비장은 목욕하는 여자를 보려고 아까 앉았던 바위로 갔다. 가는 소리로 방자를 부르자 방자도 그대로 대답하나 말공대는 점점 없어졌다.

"예. 우에 부르우?"

"너 저 거동 좀 보아라."

"그 무엇 있소?"

---

209 수불상견(樹不相見): 나무에 가려서 보이지 않는다.
210 산회노전(山回路轉)에 불견군(不見君): 돌아가는 산길에 이미 사또가 보이지 않게 되었다.

"이 애야. 요란히 굴지 마라. 조용히 구경하자."

물에 놀고 산에 놀고 백만교태211를 다 부려 노는 거동 금도 같고 옥도 같다.

"금이냐 옥이냐."

"저 물이 여수212가 아닌데 금이 어찌 나오리까."

"그러면 옥이냐?"

"이곳이 형산213이 아닌데 옥이 어찌 있으리까."

"금과 옥 아니면 꽃이냐. 꽃 중에도 가장 먼저 피어나는 매화냐?"

"동각설중214이 아닌데 매화가 어찌 피오리까."

"매화 아니면 도화냐?"

"무릉춘풍215이 아닌데 도화가 어찌 피오리까."

"도화 아니면 해당화냐?

"명사십리216가 아닌데 해당화가 어찌 피오리까."

---

211 백만교태(百萬嬌態): 사람의 마음을 끌려고 온갖 아양을 부리는 태도.

212 여수(麗水): 중국의 지명. 『천자문(千字文)』에 "금생여수옥출곤강(金生麗水玉出崑岡, 금은 여수 지방에서 나오고, 옥은 곤륜산에서 나온다."라는 구절이 있다.

213 형산(荊山): 중국 후베이성(湖北省)에 있는 산으로 옥(玉)의 산지로 알려져 있다.

214 동각설중매(東閣雪中梅): 동쪽 누각에는 눈 속에 매화가 피었네. 『추구(推句)』에 "서정강상월(西亭江上月, 서쪽 정자에는 강 위로 달 떠 오르고), 동각설중매(東閣雪中梅) 동쪽 누각에는 눈 속에 매화가 피었네)"라는 시구가 보인다.

215 무릉춘풍(武陵春風): 무릉도원의 봄바람.

216 명사십리(明沙十里): 함경남도 원산 바닷가에 있는 모래사장.

"그러면 황국단풍217 국화 말이냐?

"구일용산218 아닌데 어찌 국화가 피오리까."

"꽃이 아니면 용녀219 선녀220냐? …아니면 양귀비나 월서시221

겠구나."

"오호청풍222 아니어든 월서시가 어찌 여기 오며, 온천수223가

아니어든 양귀비가 어찌 여기에 오오리까."

서시와 양귀비가 제 아니 오면 입안혼미224 불여우냐? 여우가

---

217 **황국단풍(黃菊丹楓)**: 노란 국화와 붉은 단풍.

218 **구일용산(九日龍山)**: 구일에 용산에서. 중국 시인 이백(李白)의 시 「구일용산음
(九日龍山飮)」에 "구일용산음(九日龍山飮, 구일에 용산에서 술을 마시니), 황화
소축신(黃花笑逐臣, 국화가 쫓겨난 신하를 비웃는 듯하였네)"라는 시구가 보인
다.

219 **용녀(龍女)**: ① 전설에 나오는 용왕의 딸. ② 용궁에 산다는 선녀.

220 **선녀(仙女)**: 선경에 산다는 여자 신선. 선아(仙娥). 옥녀.

221 **월서시(越西施)**: 중국 월나라의 미인 서시. 중국 시인 소식(蘇軾)의 시 「음호상초
청후우이수(飮湖上初晴後雨二首)」에 "약파서호비서자(若把西湖比西子, 만일 서
호를 서시에 비유한다면), 담장농말총상의(淡粧濃抹總相宜, 옅은 화장 짙은 분
서로 어울리겠네)"라는 시구가 보인다. '서호(西湖)'는 중국 강남 항주에 있는 호
수이고. '서자(西子)'는 '서시'를 말한다.

222 **오호청풍(五湖淸風)**: 오호의 맑은 바람. '오호(五湖)'는 지금의 중국 강
소성 '태호(太湖)'이다.

223 **온천수(溫泉水)**: 화청지(華淸池)의 온천수. '화려하고 맑은 물이 가득한 연못'이란
뜻을 가진 화청지는 3,000년 전 주(周)나라 때부터 당나라 때까지 황제와 조정
대신들이 애용했던 화청궁의 온천지이다. 중국 서안 시내에서 35km 정도 가면
여산(驪山) 아래에 위치한 곳으로 약 43도의 온천수가 솟아난다. 당나라 천보원
년(742년) 현종(玄宗)이 양귀비를 위하여 못을 만들어 화려하게 보수하여 해당탕
(海棠湯)이라 이름 붙여 양귀비에게 하사한 곳이다.

아니라 아주 흉악한 악호[225]라도 사생결단[226]하고 혹하겠다. 에
고, 에고…… 날 죽인다."

"나리 무엇을 보고 이렇게까지 미치십니까. 소인의 눈에는 아무
것도 아니 보입니다."

"이놈아 저기 저기 저 건너 백포동 개울 속에 목욕하는 저것을
못 본단 말이냐?"

"예, 소인은 나리께서 무엇을 보시고 그러하시나 하였지요. 옳
소이다. 저 건너 목욕하는 여인 말씀이오니까."

"옳다. 너도 이제 보았던 말이냐. 쌍놈의 눈이라 양반의 눈보단
대단히 무디구나."

"예. 눈은 반상이 다르니까 소인의 눈이 나리 눈보단 무뎌 저런
예[227]가 아닌 것을 보지를 못하였으니 소인의 눈이 무디다고 하겠
지요. 그러나 마음도 반상[228]이 달라 나리 마음은 소인보단 컴컴
하고 음탐하여 남녀유별[229] 별 체면도 모르고 규중처녀 은근히 목
욕하는 것을 욕심내어 눈을 쏘아 구경한단 말씀이오니까. 근래 혹

---

224 입안혼미(入眼魂迷): 눈 안 가득히 들어와 정신이 헛갈리고 흐리멍덩함.

225 악호(惡狐): 나쁜 여우.

226 사생결단(死生決斷): 죽고 삶을 돌보지 않고 끝장을 내려고 함.

227 예(禮): 사람이 마땅히 지켜야 할 도리.

228 반상(班常): 양반과 상사람.

229 남녀유별(男女有別): 남녀의 사이에는 분별이 있어야 함을 이르는 말.

시 나리 같은 서울 양반들이 기집이라면 체면 없이 욕심을 낼 데 아니 낼 데 분간 없이 함부로 덤벙이다 봉변도 많이 당합니다."

"뭣이라고 이놈이?"

"남의 집 규중처녀230가 목욕을 할 때에는 혹 나리 같은 양반이 염치없이 굴까 봐 일가친척이 은근히 숨어서 망을 보기도 하죠. 그렇게 하다가 무례한 나리 같은 타인 남자 버릇없는 눈치 알고 일시에 냅다 치면 꼼짝없이 보리231만 탈 것이니 저 여자를 볼 생각 아예 하지 마오."

배 비장은 방자한테 무안을 당하였다.

"다시는 아니 본다. 그러나 그것을 보면 정신이 갈려 아무리 아니 보려 하여도 지남철232에 바늘이 당기듯이 눈이 가끔 그리로만 간다."

이 모양을 바라보던 방자가 또다시 말했다.

"저 눈."

배비장이 움칠했다.

"나 아니 본다."

그러면서도 배 비장은 그 여인에게로만 눈이 가는지라 잠시 꾀

---

230 **규중처녀(閨中處女)**: 규중에 있는 처녀. 규중처자.
231 **보리**: 호피(虎皮)를 덮은 안장을 높게 바치는 것.
232 **지남철(指南鐵)**: ① 쇠를 끌어당기는 성질이 있는 물체. ② 자석(磁石).

를 내어 방자를 불렀다.

"방자야, 저 경치가 좋다. 서쪽을 살펴보아라. 알겠느냐? 삼백 척이나 높다는 신령스러운 나무인 부상233이 있다더니 마치 타는 듯이 해 저무는 노을에 그 나무를 보는 듯하구나. 동쪽을 또 보아라. 알겠느냐? 신선이 사는 고장의 약수234라는 강에 봄기운이 아득하게 서리어 있는데 한 쌍의 청조235가 날아든다더니 참으로 그러한 경치로구나. 남쪽을 또 보아라. 알겠느냐? 망망한 바다에는 아득하게 천 리에 뻗은 물결이요, 큰 봉새가 날아가니 물빛은 짙은 남색이라. 그 물결이 이 제주를 둘렀구나. 북쪽을 또 보아라. 알겠느냐? 푸른 하늘에 금부용236 같은 웅장하고 거룩한 산이 솟았으니 바로 북쪽 진산237이 아니겠는가? 또 중앙을 쳐다보아라.

---

233 **부상(扶桑)**: 해가 뜨는 동방에 있다고 하는 신목(神木)을 뜻한다. 『산해경(山海經)』「해외동경(海外東徑)」에 보인다.

234 **약수(弱水)**: 신화 속에 나오는 하해(河海)의 이름으로, 건너가기만 하면 신선이 사는 곳에 갈 수 있다 한다.

235 **청조(靑鳥)**: 파랑새라는 뜻으로, 사자(使者), 선녀(仙女) 등을 비유하여 이르는 말이다.

236 **금부용(金芙蓉)**: 햇살이 바위에 비치는 풍광이 너무나 아름다워 '황금빛 연꽃 송이 같다'고 표현한 것이다. 이백(李白)의 시 「등여산오로봉(登廬山五老峰)」에 "여산동남오로봉(廬山東南五老峰, 여산의 동남쪽에 다섯 봉우리), 청천삭출금부용(靑天削出金芙蓉, 하늘 향해 솟아오른 금빛 연꽃 같구나)"라는 시구가 보인다. 여산(廬山)은 중국. 장시성(江西省) 북부에 있는 산 이름.

237 **진산(鎭山)**: 도읍지나 각 고을 뒤에 있는 큰 산을 이르던 말.

백로를 탄 여동빈238이란, 신선과 고래를 탄 이태백239이 하늘로 날아오르는 듯하구나."

방자가 거짓 속는 체하고 가르치는 데로 살펴보았다. 배 비장은 그동안 여인 쪽을 힐끔힐끔 바라보았다.

방자는 툭 한마디 하였다.

"저 눈 일낼 눈이로구."

배 비장은 깜짝 놀라 두 손으로 눈을 가렸다.

"나, 안 본다. 염려 마라."

한참 이리 할 때 방자가 뜻밖에 각 하고 기침을 하였다. 그 여인이 놀라는 체하고 몸을 웅크리며 소스라쳐 후다닥 물 밖으로 뛰어나와 속곳을 안고 백포장240을 향해 푸른 숲으로 얼른 뛰어 들어갔다. 마치 그 모습이 환하게 비추던 밝은 달이 구름 속에 들어 가는 것 같았다. 배 비장은 그것만 바라보다가 눈이 컴컴해지고 얼떨떨해져 정신을 잃고 앉았다.

이윽고 정신을 차린 배 비장은 스스로 탄식하며 꾸짖었다.

"이놈 네 기침 한번 낭패로다."

그러고 또 배 비장은 다시 입을 열었다.

---

238 여동빈(呂洞賓): 중국 당나라 시대의 학자이자 은자(隱者)로 도교의 8대 선인(仙人)의 한 사람.
239 이태백(李太白, 701년~762년): 중국 당나라 시인.
240 백포장(白布帳): 흰 베로 만든 휘장.

"얘 방자야."

"네."

"너는 저 백포장 밖에 가서 문안 한 번 드리고 그 여인께 전갈을 하여라."

방자는 아무런 대답을 하지 않고 배 비장을 바라보았다.

"이 산에 온 과객241이 꽃을 따라 산에 올라왔다가 어찌나 노곤하고 배고프고 목이 마른지 모르겠으니 혹시 음식이 있거든 배고프고 목마름을 면하게 하여 주기 천만 바라옵나이다 하고 여쭈어라."

배 비장의 말을 들은 방자가 대답했다.

"나는 죽으면 죽었지 그 전갈은 못 가겠소. 모르는 터에 그런 전갈을 하고 남의 여자에게 음식 달라다가는 난장242 박살243을 당하기에 첩경244이 아니겠습니까."

배비장이 말했다.

"이놈 방자야. 만일 맞을 지경이면 매는 내가 맞을 것이니 너는 도망치면 될 것 아니냐?"

---

241 과객(過客): 지나가는 나그네.
242 난장(亂杖): ① 고려·조선 때, 장형(杖刑)을 가할 때, 신체의 부위를 가리지 않고 마구 치던 매. ② 마구 때리는 매.
243 박살(撲殺): 때려죽임.
244 첩경(捷徑): ① 지름길. ② 어떤 일에 이르기 쉬운 방편.

방자가 말했다.

"나리 정경을 보오니 몽치245 바람에 죽는 데도 그러할 수밖에 없소."

방자가 설렁설렁 가만가만 건너가서 헛절을 한 번 했다.

"쉬잇! 애랑아, 배 비장이 벌써 네게 혹하였으니 무슨 음식 있거든 좀 차려다구."

애랑이 웃고 정갈하게 음식을 차렸다.

대모쟁반246에 아리따운 금채화기247를 벌려 놓고 빛 좋은 두견화전248 부친 것을 소담하게 담아 놓고 붉은 홍시를 벌려 놓고, 맑은 술을 자라병에 가득 넣어 주며 애랑이 말했다.

"너의 나리 무례하나 배고프고 목마름이 심하다기에 이 음식 보내오니 그도 먹고 너도 먹고 양인대작 산화개249라 일배일배 부일배250에 두 사람이 배불리 먹은 후 그곳에 잠시 있지 말고

---

245 몽치: 짤막하고 단단한 몽둥이. 예전에는 무기로도 썼음.

246 대모쟁반(玳瑁—): 바다거북의 등과 배의 껍데기로 만든 쟁반. '대모(玳瑁·瑇瑁)'는 바다거북의 등과 배를 싸고 있는 껍데기이다.

247 금채화기(金彩花器): 금가루로 채색한 꽃바구니. '금채(金彩)'는 채색에 쓰는 금가루이고, '화기(花器)'는 꽃바구니 또는 꽃을 담는 그릇이다.

248 두견화전(杜鵑花煎): 진달래꽃에 찹쌀가루를 묻혀서 끓는 기름에 띄워 지진 떡.

249 양인대작산화개(兩人對酌山花開, 둘이서 마시나니 산에는 꽃이 피고): 이백(李白)의 시 「산중대작(山中對酌)」의 시구이다.

250 일배일배 부일배(一盃一盃 復一盃, 한 잔 한 잔 또 한 잔): 이백(李白)의 시 「산중대작(山中對酌)」의 시구이다.

군자251는 견기이작252이라 하니 속거속거253하라. 만일 얼른 물러가지 않고 머뭇거리고 있다가는 미구에 큰 봉변을 당할 것이니라."

이러한 이야기를 전하고 음식 올리니 배 비장이 그 말을 직접 여인에게서 듣지 못한 것을 한스럽게 여겨 물끄러미 음식만을 바라보았다.

"저 감에 이빨 자국은 웬 것이냐?"

방자가 말했다.

"그 여인이 감꼭지를 이로 물어 빼 옵니다."

배 비장이 껄껄 웃었다.

"이 음식을 너나 다 먹어라. 나는 감 하나만 먹겠다."

방자 놈이 짓궂게 감을 짚으며 말했다.

"이빨 자국 난 것이라 그 여인의 침이 묻어 더러우니 소인이나 먹겠소."

---

251 군자(君子): 학식과 덕행이 높은 사람.

252 군자견기이작(君子見機而作): 『주역(周易)』「繫辭」'下傳'에 "군자견기이작, 불사종일(君子見幾而作, 不俟終日, 군자는 김새를 보면 대비하지, 하루 종일 기다리지 않는다)" 라는 구절이 보인다.

253 속거속거(速去速去): 빨리 가거라. 빨리 가거라. 이규보(李奎報)의 「주서문병서(呪鼠文幷序)」에 "수욕부활, 명부가속, 속거속거(雖欲復活, 命不可贖, 速去速去, 그때는 다시 살고 싶어도, 생명을 다시 이을 수 없을 것이니, 빨리 가거라. 빨리 가거라"라는 시구가 보인다.

"이놈 기막힌 소리 말어라 이리다구."

배 비장이 감을 빼앗아서 껍질째 달게 먹었다.

"너 또 가서 인사를 하고 오너라."

"또 가서 인사를요?"

"이 같은 좋은 음식을 보내셔서 잘 먹었습니다. 하고 또 무례하온 말씀이오나 천생양254하고 지생음하니 음양배합255은 인개유지라. 방탕한 화류객256이 홀등차산257하여 탐화봉접258의 마음을 지지우지지259하옵소서 하고 여쭈어라."

배비장이 전하라는 말의 뜻은 대강 이러했다.

방자가 다녀와서 말했다.

"그 여인이 아무런 대답도 아니하고 큰 탈이 날 것이니 어서 빨리 물러가라고만 하옵디다."

배 비장이 탄식했다.

"……하릴없다. 내려가자."

---

254 천생양(天生陽)하고 지생음(地生陰)하니: 하늘이 양지를 낳고, 땅이 음지를 낳으니.

255 음양배합(陰陽配合)은 인개유지(人皆有之): 음과 양이 서로 만나 합함은 인생의 누구에게나 있는 일인 바.

256 화류객(花柳客): 화창한 봄날 좋아하는 음식을 만들어 산기슭이나 산골짜기에서 하루 종일 즐기는 사람.

257 홀등차산(忽登此山): 홀연히 이 산에 올라와서

258 탐화봉접(探花蜂蹀): 꽃을 찾는 벌나비와 같은 마음이 생겨서

259 지지우지지(知之又知之): 이렇게 전갈을 보내니 부디 이 마음을 헤아려 주소서.

배 비장이 숙소로 돌아와서 그 여인을 못 잊어 이리 뒤척 저리 뒤척 잠을 이루지 못했다.

"한라산 맑은 정기를 제가 모두 타고 나서 그리 고이 생겼는고 못 잊어서 한이로다. 동방이 적막한데 임 생각 그지없다. 봄바람에 우는 새는 회포를 머금은 듯 뜰에 있는 푸른 풀은 이별하는 눈물을 뿌리는 듯 상사병260이 골수에 깊이 들어 청춘에 원혼이 될 것이다. 그러면 백발인 양친도 다시 보기 어렵고, 젊은 아내와 어린 자식들도 다시 보기 어려워라. 에고 에고 이 일을 어찌할꼬."

배 비장이 이처럼 애절하다, 에라 죽더라도 말이라도 한번 하여 보고 죽으리라 결심하고 방자를 불러 간청했다.

"방자야."

"예, 부르셨습니까?"

"얘, 이리 좀 오너라. 나는 또 죽을 병이 들었구나."

"무슨 병환이 드셨기에 그처럼 신음하십니까? 봄철 감기인 듯하오니 패독산261이나 두어 첩 잡수어 보시오구려."

"아니다. 패독산을 먹을 병이 아니다."

"그러면 망령 병환이 드셨나 봅니다그려. 망령병에는 당약

---

260 **상사병(相思病)**: 이성을 몹시 그리워하는 마음에 사로잡혀 생기는 마음의 병. 화풍병(花風病).
261 **패독산(敗毒散)**: 감기와 몸살을 푸는 약.

이란 게 있읍지요."

"무슨 약이란 말이냐?"

"젊은 양반 망령에는 홍두깨를 삶어 먹는 것이 당약이라 하옵니다."

"아니다. 내 병에는 약이 있다마는 얻기가 좀 어렵구나."

"그 무슨 약이기에 그처럼 어렵단 말씀이옵니까. 하늘의 별도 따는데요."

"얘, 그 말만 들어도 속이 시원하다. 그러면 내가 살고 죽기는 네 손에 달렸으니 날 좀 살려 다구."

"아따 이거는 누가 적이오. 어서 말씀이나 하시구려."

"얘, 너는 알다시피 어제 한라산 수포동 숲 사이에서 목욕하던 여인 보고 자연 병이 되어 죽을 지경이로구나 그 여자 좀 보게 하여 주려무나."

"그 여자는 규중에 내외가 깊었으니 만나 볼 길 전혀 없소."

배 비장은 다시는 할 일 없고 무료하여서 슬그머니 말머리를 돌렸다.

"고담262이나 얻어 오너라."

이것은 할 일 없이 남원 부사의 아들 이 도령이 춘향을 생각하며 글을 읽던 그 모양과 흡사한 것이었다.

『삼국지263』, 『구운몽264』, 『임경업전265』, 다 후려쳐 버리고

---

262 **고담(古談)**: 옛날이야기. 옛날이야기책.

『숙항전266』을 내어놓고 읽어 갔다.

"숙향아, 숙향아, 불쌍하다 그 모친이 이별할 제 아가, 아가, 잘 있거라 배고플 때 이밥 먹고 목마르거든 이 물 먹고 죽지 말고 잘 있거라. 에고, 어머니 나도 가세."

그러나 배 비장의 마음속에 가득한 것은 어제 본 그 여인의 자태뿐이었다.

"아서라 다 던지고 수풀 사이의 수포동에서 목욕하던 그 여자의 가는 허리를 담쏙 안고 놀아볼까."

방자가 옆에 있다가 말했다.

"나는 그게 숙향전으로 알았더니 수포 동전이오구려."

"음! 가끔 말이 그리로만 가는 것을 어찌하느냐?"

"허어 그래요? 거참 이상한 책이군요."

배 비장은 도무지 참을 수 없어서 목소리를 부드럽게 하고 물었다.

"얘, 방자야!"

---

263 **삼국지(三國志):**『삼국지연의(三國志演義)』. 중국 명나라 시대의 장편소설로 나관중(羅貫中)이 지었다. 위·촉·오의 3국이 정립한 시기부터 진이 중국을 통일한 시기까지의 역사를 서진의 진수(陳壽, 233년~297년)가 기록한『삼국지』와 배송지(裴松之)의『삼국지주(三國志註)』를 자료로 하여 쓴 작품이다.

264 **구운몽(九雲夢):** 조선(朝鮮) 숙종(肅宗) 15년(1689년)에 김만중이 지은 장편 소설이다.

265 **임경업전(林慶業傳):** 병자호란을 배경으로 한 한문 소설로 작자와 창작 연대는 미상이다.

266 **숙향전(淑香傳):** '이화정기(利花亭記)'라고도 불리는 작자 미상의 국문 소설이다.

"왜요?"

"…그 여자가 음식 차려 보낸 것을 보니 그 여자도 내게 아주 마음이 없는 건 아닌 거 같다. 그러니 어디 말이라도 한 번 하여보자."

방자가 딴전을 부렸다.

"어디다가 말을 한번 해 보죠?"

"그 여인에게."

"어림없소. 그 여인 성정이 아주 칼날 같고, 또 절개가 송죽267 같이 굳은 터이니, 섣불리 말을 내어다가 그 후환은 무엇으로 막을 것이오. 그런 생각은 부디 마오."

배 비장이 방자를 잡았다.

"되나 못 되나 편지 써 줄 것이니 일만 되면 구전268 삼백 양을 상금으로 너를 주마."

방자는 구전 주마는 말을 듣고 눈이 번쩍 뜨였다. 방자는 관문269 속에서 졸업한 터라 돈양이나 얻을 생각으로 일부러 딴전을 부리며 수작하기 시작했다.

"소인은 그 편지 못 가지고 가겠습니다."

"얘, 그게 무슨 말이냐? 내가 천 리 밖에 와서 통정하고270 지내

---

267 송죽(松竹): 소나무와 대나무.
268 구전(口錢): 구문(口文). 흥정을 붙여 주고 그 보수로 받는 돈.
269 관문(官門): 예전에, 국가의 사무를 집행하는 국가 기관을 이르던 말.
270 통정(通情)하다: 서로 마음을 주고받다.

는 하인이 너밖에 또 누가 있느냐?"

"예, 소인이 나리께 정리로 말하면 물불을 가리겠습니까? 소인이 그렇지 못할 사정이 있습니다."

"응, 무슨 사정이란 말이냐?"

"소인이 세 살 때에 아비를 잃고 늙은 어미에게 길러 나서 열 살부텀 방자 구실을 하고 있습니다. 한 달에 관가271에서 주시는 것이라고는 돈 두 냥뿐이오니 질고 마른 심부름에 신발값이나 되옵니까. 먹기는 각방272 나리님네 진지 잡수신 찌꺼기나 얻어서 어미와 연명하는 터이올시다. 소인 사정 이러하오니 지금 나리의 분부를 들어 그 편지를 가지고 가는 것은 어렵지 않고 또 혹 뜻대로 되지 않아 맞아 죽더라도 원통치 아니하오나 병신 되어 나리도 모실 수 없삽고 늙은 어미를 얻어 먹일 수 있습니까. 생각하온즉 그런 위태한 거동 못하겠습나이다."

"그런 일랑은 염려 마라. 만일 매를 맞을 지경이면 너 낫도록 하여 줄 것이오, 너 늙은 어미 내가 먹여 살릴 것이니 염려 마라."

배 비장이 궤문을 덜컥 열더니 돈 백 냥을 내어 주었다.

"이것이 약소하나 네 어미 갖다주어 양식이나 팔아먹으라."

---

271 **관가(官家):** 관리들이 나랏일을 보던 집.
272 **각방(各房):** 각각의 방. 따로따로의 방.

배 비장이 지성으로 간청을 한다. 방자 못 이기는 체하고 여쭈었다.

"그러면 편지나 잘 써내시오."

배 비장이 크게 기뻐하며 편지를 써서 방자에게 주며 백 번이나 당부하였다.

"일이 되고 안 되기는 네 수단에 달렸으니 부디 눈치 있게 잘 드려라."

방자가 편지를 갖다 애랑에게 주었다.

그 편지의 사연은 이러하였다.

"돈수재배273하옵고, 감히 낭자274 앞에 부치나니 슬프다 이내 몸이 공명을 이루지 못하고 천 리 떨어진 이곳 제주도에 남의 비장이 되어 왔습니다. 비장이 객지의 심사가 울적하여 어제는 한라산에 올라가 봄빛을 구경하고 돌아오던 길에 옥안275을 보게 되었습니다. 그 후 마음이 혼미하고 정신이 산란하여 돌아와서 잊으려 해도 잊지 못하고, 생각하지 않으려 해도 저절로 생각이 날 따름입니다. 어디 그뿐이겠습니까? 음식을 먹어도 그 맛을 모르겠고 누워도 잠이 오지 않고 골수에 병이 드니 긴 한숨만이 저절로 나

---

273 **돈수재배(頓首再拜)**: 머리가 땅에 닿도록 두 번 절함.
274 **낭자(娘子)**: 예전에, '처녀'를 높여 이르던 말.
275 **옥안(玉顔)**: 아름다운 얼굴.

옵니다. 여기서 생각나는 것이 탁문군[276]의 일입니다. 옛날 한나라[277]의 사마상여[278]가 탁 씨의 집에 갔다가 탁문군에게 혹하여 하소할 길이 없어서 거문고에 그 뜻을 담아 애절한 곡을 연주했답니다. 그대는 지금 젊은 몸이오나 언제까지 젊은 채로 있을 수는 없는 일입니다. 세월이 망아지[279]가 문턱을 뛰어넘듯 지나가면 고운 얼굴에도 주름살이 켜지고 검은 머리가 파뿌리가 되면 다시는 봄을 만나기는 어려운 일입니다. 그러하오니 헛되이 젊은 봄을 보내지 마시고 병들어 누워 있는 이 몸을 살려주소서."

방자가 애랑에게 편지를 주며 말했다.

"답장을 하되 너무 허수이 말고 좀 진득하게 써서 줘라."

방자가 애랑의 답장을 받아다 주니 배 비장은 너무나 황공하여서 편지를 두 손으로 공손히 받들어 무릎을 꿇고 앉아 대학지도[280]나 읽는 듯이 여러 번 진퇴[281]를 하다가 한 자 한 자 정성을 들여서 읽어 내려갔다.

---

276 탁문군(卓文君, 기원전 175년~기원전 121년): 본명은 문후(文后). 야철(冶鐵)로 부를 일군 거상(巨商) 탁왕손(卓王孫)의 딸.

277 한(漢): 진나라에 이어 중국을 통일한 왕조.

278 사마상여(司馬相如, 기원전 179년~기원전 117년): 중국 전한의 문인.

279 망아지: 말의 새끼.

280 대학지도(大學之道): 대학의 요점이 되고 있는 도리를 일컫는 말. 유교(儒敎) 경전(經典)인 사서오경(四書五經) 가운데 하나인 『대학(大學)』의 요체(要諦)를 포괄하는 말.

281 진퇴(進退): 나아감과 물러섬.

그 내용은 이러했다.

"보내주신 글월을 받아보고 가슴이 마구 떨렸습니다. 잊으려고 하여도 잊지 못하고, 생각하지 않으려 하여도 저절로 생각 키운다는 말은 괴이하고 가소롭습니다. 무슨 병환인지 모르겠거늘 어찌 약을 내가 알 바 있겠습니까. 또한 탁문군 이야기를 하시나 이것은 아마 미친 호걸이 또 있는 탓인가 합니다. 군자께서는 옛글을 모르십니까? 임금을 섬기는 것과 지아비를 섬기는 것은 천지의 바른 이치이며 고금에 다름이 없는, 사람이 지켜야 할 길이옵니다. 그렇거늘 남의 절개를 빼앗으려 하는 사람은 또한 충성스러운, 마음도 없는 사람이라는 것을 짐작할 수 있겠군요. 더구나 지아비 있는 여자를 넘겨다보는 일은 용납할 수 없고, 듣도 보도 못하던 괴이한 일이 아니고 무엇이겠습니까? 냉수 마시고 정신 차려 이런 미친 수작은 그만두고 어서어서 물러가시오."

배 비장은 깜짝 놀라 얼굴이 흙빛이 되었다.

"에고 이 일을 어찌할꼬? 이 답서를 다 읽은들 무슨 뾰족한 수가 있을까 보냐. 일은 이미 글렀으니 내 병이 나기는 틀린 일이요, 결국 이 섬에서 원통하게 죽고 말겠구나."

방자가 곁에 섰다가 배 비장을 잡아 일으키며 위로하였다.

"여보 나리 고정하시옵소서."

"에고, 에고 나는 이제 죽는다, 나는 죽는다, 에고, 에고,"

"나리, 그 아래를 읽어 보셨오?"

"다 읽어 무엇하겠느냐?"

"어서 읽어보십시오."

배 비장이 다시 편지를 읽어 내려가기 시작했다.

"그러나 사내대장부가 나 때문에 병이 들었다 하니 그 뜻이 가긍한 일입니다. 나는 규중282에 깊이 있는 몸이라 임의로 나다니기 어렵고 만나보기 지극히 어렵습니다. 그러니 달이 진, 깊은 밤에 벽헌당을 찾아와서 은근히 들어오시면 하룻밤을 함께 보낼 수 있을 수 있겠습니다. 만일 이 기회를 놓치신다면 그 몸이 죽고 사는 것이 위태로울 것이나 나는 또한 모르겠습니다."

편지 읽기를 마친 배 비장은 생기가 돌았다.

"좋을시고 이제 병이 다 나았다. 강호에 병이 들어 덧없이 죽겠더니 낭자 회답이 반갑도다."

배 비장은 해가 지기만 바랐다. 어느덧 해가 수평선 아래로 졌다.

"방자야."

"예."

"너는 오늘 일찍 집으로 가거라."

"아니 오늘은 어찌 일찍 집으로 가라 합니까?"

"허허 이놈. 일찍 가라면 갔지 왜 그리 잔말이 많느냐?"

---

282 **규중(閨中)**: 부녀자가 거처하는 방. 규합(閨閤). 규내(閨內).

배 비장은 방자를 돌려보내고, 문을 닫고 몸단장을 시작했다. 그 여자에게 잘 보이려고 다시 의관을 차렸다. 망건283 · 탕건 · 쾌자284 · 전립285 · 광대 띠에 갖가지로 옷차림을 하고 빈방 안에 혼자 우뚝 서서 혼자 말로 두런거렸다.

"가만가만 걸어가서 여자 문전에 들어서며 기침 한 번을 가만히 하면 그 여인이 알아차리고 문을 펄쩍 열어 줄 것이다. 한 번 대학지도 걸음걸이로 이리 걸어 들어가서 수인사를 한 후에 천명을 기다린다고 하였으니 여자에게 한 번 이리 군례286로 뵈렸다."

한참 이리 꼭두각시놀음을 혼자 하였다. 그때 방자가 뜻밖에 문을 펄쩍 열었다.

"나리 무엇하오."

배 비장은 깜짝 놀랐다.

"너 벌써 왔느냐."

"예 군례 전에 대령하였소."

---

283 망건(網巾): 상투를 튼 사람이 머리에 두르는 그물처럼 생긴 물건. 말총 · 곱소리 · 머리카락으로 만듦.

284 쾌자(快子): 옛 군복의 일종. 등솔기가 허리까지 트였고 소매는 없음. 근래는 명절 · 돌날에 복건(幞巾)과 함께 아이들이 입음.

285 전립(戰笠): 조선 때, 무관이 쓰던 벙거지.

286 군례(軍禮): ① 군대의 예절. ② 군대에서의 예식.

"이놈 내 깜짝 놀라 바로 땀이 난다."

배 비장은 길게 한숨을 몰아쉬었다. 이러는 사이에 어느덧 해는 저물었다. 한라산 위로 달이 두둥실 떠오르고 멀리 고기잡이배의 불이 바닷물결 위에 가물거렸다. 앞 개울에는 사람들 그림자가 없어졌고 봄바람을 타서 구슬프게 학이 울었다. 배비장이 기약한 대로 여인을 만나러 가기는 아주 안성맞춤287인 밤이었다.

"어험!"

배 비장은 헛기침하면서 집을 나섰다.

"나리 참 소견도 없습니다. 밤중에 유부녀 통간288하러 가면서 금의야행289으로 저리하고 가다가는 될 일도 안 될 것이니 그 의관290 다 벗으시오."

"벗기는 초라하구나."

"초라하거든 가시지 마십시오."

"이 애야 요란하게 구지 마라 내 벗으마."

배 비장이 겉옷을 벗고 서서 방자의 의견을 물었다.

---

287 **안성맞춤(安城—):** (경기도 안성 지방에서 맞춘 유기와 같다는 뜻에서) ① 맞춘 것같이 잘 맞는 사물을 가리키는 말. ② 계제에 들어맞게 잘된 일을 두고 하는 말.

288 **통간(通姦):** 간통.

289 **금의야행(錦衣夜行):** 비단옷을 입고 밤길을 간다는 뜻으로, 아무 보람 없는 행동을 일컫는 말.

290 **의관(衣冠):** 옷과 갓. 남자가 정식으로 갖추어 입는 옷차림.

"자아 어떠냐? 이만하면 되겠느냐?"

"그것이 대단히 좋소만 누가 보면 한라산 매사냥꾼으로 알겠으니, 차라리 이곳 제주 사람 차림을 하는 게 어떻겠습니까?"

"제주 사람 차림은 어떤 것이냐."

"개가죽 두루마기에 노벙거시291를 쓰면 되지요."

"그것은 너무 초라하구나."

"초라하거든 그만두시오."

"그러하단 말이면 개가죽 아니라 돼지가죽이라도 내가 입으마."

배 비장은 방자가 지시하는 대로 차려입고 앞뒤를 살펴보았다.

"이 애야 범 보면 개로 알겠다. 군기총 하나만 내어 들고 가자."

"무섭거든 가지 마옵시다."

"이 애야 그러하단 말이다. 네 성정 그러한 줄 몰랐구나. 정 못 갈 터이면 내 업고라도 가마."

"소인이 어찌 나으리 등에 업혀서야 가겠어요. 그러니 다시 군소리하지 마시고 잠자코 따라오십시오."

"오냐, 오냐…."

배 비장은 방자의 뒤를 따라가며 혼잣말로 중얼거렸다.

"기약해 둔 사랑스러운 여자. 어서 가서 만나보자."

얼마를 걸었을까, 방자가 손을 들어 애랑의 집을 가리켰다. 담

---

291 **노벙거지**: 노끈으로 엮어서 만든 벙거지.

장은 퇴락하였으나 그럴듯해 보였다. 방자가 높은 담장 밑의 구멍을 찾아서 먼저 기어들었다.

"나리 잘못하다가는 일 날 것이니 두 발을 한데 모아 조심스럽게 들이미시오."

배 비장은 방자 말이 옳다고 생각했다. 배 비장은 두 발을 모아 들이밀었다. 방자가 안에서 배 비장의 두 발목을 모아 쥐고 힘껏 잡아당겼다. 부른 배가 탁 걸려서 들어가지도 나가지도 아니했다. 배 비장 두 눈을 희게 뜨고 이를 갈며 좀 놓았다고 하면서 죽어도 문자는 쓰던 것이었다.

"높은 배가 들어가지 않으니 똥을 싸고 죽을 지경이구나!"

방자 안에서 웃으며 탁 놓았다. 배 비장이 곤두박질하였다.

배 비장이 일어나 앉으며 말했다.

"매사가 순리대로 해야지. 그렇지 않기에 낭패를 한 것이다. 산모의 해산법으로 말하여도 아이를 머리부터 낳아야 순산이라 하니 내 상투를 들이밀 것이니 잘 잡아당겨라."

방자가 배 비장의 상투를 노벙거지 쓴 채 왈칵 잡아당겼다.

"아이쿠!"

"영치기."

안간힘을 다 써서 안으로, 뻥 하고 들어갔다.

배 비장이 아프다는 말도 못 했다.

"어휴, 십년감수했다."

방자가 여쭈었다.

"불 켠 저 방으로 들어가서 욕심대로 얼른 잠깐 하고 날이 새기 전에 나오셔요."

"오냐, 오냐……."

배 비장이 한편 좋기도 하고 한편 조심도 되어 가만가만 자취 없이 들어가서 이리 기웃 저리 기웃하였다. 문 앞에 서서 삽분삽 분 손가락에 침을 발라 문구멍을 배비작 배비작 뚫고 한눈을 대 고 방안을 들여다보았다. 배 비장은 정신이 아찔하였다. 밤이 이 미 깊었는데 등잔을 밝히고 여인이 앉아 있었다. 여인의 모습은 천상[292]의 선녀를 보는 듯하였기 때문이다. 피어나는 복숭아꽃보 다도 더 아리따운 그 얼굴은 환한 등잔불보다도 밝아 달과 해도 무색할 것 같았다. 방 안에 앉아 있는 애랑은 김해 간죽[293] 백통 대에 담배를 담아 청동화로 백탄[294] 불에 질러 빨았다. 향기로운 담뱃내가 뭉게뭉게 점점 풍겨서 창구멍으로 돌아 나왔다. 배 비장 은 그 담뱃내를 들이마신다는 것이 고만 콧구멍으로 들어가서 자 기도 모르게 재채기를 하였다.

---

292 **천상(天上)**: ① 하늘의 위. ② '천상계(天上界)'의 준말.
293 **간죽(間竹·簡竹)**: 담배설대.
294 **백탄(白炭)**: 빛깔이 희읍스름하고 화력이 매우 센 참숯.

"엣취!"

애랑은 놀리는 체하고 문을 펄쩍 열어젖혔다.

"도적이야."

배 비장이 엉겁결에 대꾸하였다.

"문안드리오."

애랑은 짐짓 못 들은 체하고서 한 번 더 딴전을 부렸다.

"범을 그리려다 강아지를 그린 그림이로군. 아마도 뉘 집 미친 개가 길을 잘못 들어왔나 보다."

애랑은 배 비장의 꼴을 보고 나뭇조각으로 배 비장을 한 번 쳤다.

"……"

"워어리, 워리!"

배 비장이 큰기침을 한 번 하고 앞으로 나섰다.

"나 개 아니오."

"그러면 무엇이니?"

"배가요."

애랑이 배 비장의 꼴을 보고 웃으며 맨발로 내려와 손목을 잡고 방으로 들어갔다.

"이 밤에 약속했던 님이 왔네. 자리하고 불을 끄세."

그때 방자가 목소리를 바꿔서 고함을 질러댔다.

"불 켜놓고 문 열어라."

애랑은 사시나무 떨듯이 몸을 떨며 어찌할 바를 모르는 시늉을 하였다.

방자가 목소리를 높였다.

"요기롭고 고이한 년! 천하에 몹쓸 년이로다! 내 몸 하나 옴족하면 문 앞에 신 네 짝 떠날 날이 없으니 이느 놈과 둘이 미쳐서 두런두런하느냐. 이 연놈을 한주먹에 뼈를 분지르고 박살을 내리라."

배 비장은 혼겁하여 자리에서 일어났다. 그러나 외문 집이라 도망할 수가 없어 알몸으로 이불을 뒤집어쓰고 애랑에게 말했다.

"밤이 이미 깊었는데 와서 문을 열라 외치는구나! 저렇게 호령을 하는 것은 누구냐?"

"우리 집주인이오."

"집주인이라고?"

"그러하옵니다."

"성품이 어떠한고?"

"성정으로 말하면 세상에서 제일 흉학한[295] 남자로 미련하기는 도척[296]이요. 기운이 세기는 항우장사[297] 같은 사람이지요. 술을

---

295 흉학하다(凶虐— · 兇虐—): 성질이 매우 모질고 사납다.
296 도척(盜跖): 중국 춘추 시대의 큰 도적.
297 항우장사(項羽壯士): 항우 같은 장사라는 뜻으로, 힘이 아주 센 사람 또는 웬만한 일에는 끄떡도 아니하는 꿋꿋한 사람을 이르는 말. 항장사.

즐기고 제 마음에 화가 나면 백주298에도 칼을 휘둘러 잘 쓰기를 번쾌299가 홍문연300에서 두르던 방패 쓰듯 하고, 상산의 조자룡301이 장창302을 쓰듯 한답니다. 한번 공중으로 칼을 휙 지르면 사나운 호랑이라도 즉사하고 철벽이라도 뚫어지니 그대는 고사하고 옛날 장비 같은 날랜 장수라도 살아 보기는 다 틀린 일이지요. 불쌍한 그대 목숨 나 때문에 죽게 생겼으니 내가 죽고 그대를 살릴 수 있다면 그렇게라도 하겠건만….”

얼굴이 흙빛이 된 배 비장이 애걸하였다.

“옛날 진왕303은 형가라는 자객의 큰 주먹에 소매가 잡혀 죽을 뻔하였지요. 그때 슬기가 있는 궁녀가 거문고를 튕겨 이 뜻을 진왕에게 은근히 귀뜸하여 진왕을 살렸다 하지 않소. 낭자도 무슨 묘한 꾀를 내어서 제발 덕분 나를 좀 살리시오.”

---

298 백주(白晝): 대낮.

299 번쾌(樊噲, ?~기원전 189년): 중국의 전한 초기의 군인으로 한(漢) 고조(高祖) 유방(劉邦)의 대장. 기원전 206년에 홍문(鴻門)의 회합에서 위급한 처지에 놓였던 유방을 구하여 후에 유방이 왕위에 오르자 장군이 되었다.

300 홍문연(鴻門宴): 기원전 206년 항우의 모사 범증은 함양에 먼저 입성한 한(漢) 고조(高祖) 유방(劉邦)을 견제하여 홍문연에서 유방을 제거하고자 하였으나, 유방은 모사 장량의 꾀로 위기에서 벗어났다.

301 조자룡(趙子龍, ?~229년): 중국의 삼국 시대 촉(蜀)나라 상산(常山) 진정(眞定) 출신의 무장(武將). 자룡은 자고, 이름은 운(雲)이다.

302 장창(長槍): 길이가 긴 창.

303 진왕(秦王): 중국 전국 시대 진나라의 왕 영정(嬴政). 진시황(秦始皇).

애랑은 미리 흉계를 꾸며 놓은 대로 준비해 두었던 큰 자루를 꺼내 아가리를 벌렸다.

"여기로 들어가시오."

"거기에는 왜 들어가라 하는 거요?"

"그리 들어 가면 자연 살 도리가 있으니 어서 빨리 들어가시오."

배 비장은 절에 간 색시 모양이었다. 배 비장은 벌거벗은 몸으로 자루 속으로 들어 갔다.

애랑이 배 비장을 자루에 담은 후 자루 끝을 상투와 함께 비끄러매었다. 그러고 나서 등잔 뒤 방구석에 세워 놓고 불을 켰다.

이때를 기다리고 있던 방자 왈칵 문을 열며 방 안으로 들어서며 사면을 둘러보았다.

방자가 굵직한 목소리로 물었다.

"저 방구석에 세워 둔 것이니 무엇이냐?"

애랑이 간드러지게 대답했다.

"그것을 알어 무얼 할라오."

"이년아 내가 물으면 대답을 할 것이지 반문304이 무엇이냐? 주리305 방망이 맛을 보고 싶어서 그러느냐?"

---

304 반문(反問): 물음에 대답하지 않고 되받아서 물음. 또는 그 물음.
305 주리: ←주뢰(周牢). 죄인의 두 다리를 묶고 그 틈에 두 개의 주릿대를 끼워 비틀

애랑이 더욱 간사한 목소리로 대답했다.

"거문고에 새 줄을 달아 세워놨지요."

방자가 수그러진 목소리로 말했다.

"음! 거문고면 좀 타보게."

방자는 대 꼬치로 배부른 등을 탁탁 쳤다. 배 비장이 눈에 불이 나며 배가 터지는 것처럼 아팠으나 배를 움켜쥐고 참았다. 아픈 속에서도 가만히 서 있기만 하다가는 자루 속에 들어 있는 것이 거문고가 아니라는 것이 발각이 날까 봐 참고 거문고 시늉을 하였다.

"동덩 동덩."

"그 거문고 소래 매우 웅장하고 좋다 대현306을 쳤으니 소현307을 또 쳐보리라."

방자가 이번에는 코 근처라고 짐작되는 곳을 '탁' 쳤다.

배 비장은 눈물이 폭 쏟아지도록 아팠으나, 이번에도 입장단으로 거문고 시늉을 하였다.

"둥덩 둥덩."

던 형벌.

306 대현(大絃): 거문고의 셋째 줄의 이름.

307 소현(小絃): 거문고 줄의 자현(子絃)의 딴 이름. 백거이(白居易)의 「비파행(琵琶行)」에 "대현조조여급우(大絃嘈嘈如急雨, 굵은 현은 주룩주룩 소낙비가 내리듯), 소현절절여사어(小絃切切如私語, 가는 현은 소곤소곤 절절한 속삭임같이)"라는 시구가 있다.

방자가 입을 떡 벌리고 벙글거렸다.

"그 거문고 소리 이상하구나. 아래를 쳐도 위에서 소리가 나고 위를 쳐도 위에서 소리가 나니 괴상하다. 이 어떻게 된 거문고냐?"

애랑이 웃음을 참으며 대답했다.

"무식한 말 하지도 마오. 옛적 여와씨308 때에 생황오음육률309을 내실 때에 궁상각치우를 청탁310으로 울리었으니, 상청음311도 화답을 하는 것이 아니고 무엇이겠습니까?"

방자가 옳게 듣는 듯이 수작을 계속하였다.

"네 말이 당연하다. 세상일은 석 자 거문고에 붙일 것이요, 한평생은 한 잔 술로 회포를 풀려고 하였더란 말이다. 옛글에 이런 구절이 있느니라. 서쪽 정자를 굽이쳐 흐르는 강에는 달이 뜨고, 동쪽 천각 뜰에는 눈을 이고 매화가 피어나려고 한단 말이다. 풍류를 내가 모르는 터가 아니니 너는 나에게 한잔 술을 권하고 거문

---

308 **여와씨(女媧氏)**: 중국 고대의 전설적 제왕인 3황을 말한다. 3황(三皇)은 일반적으로 복희씨(伏羲氏)·신농씨(神農氏)·여와씨(女媧氏)를 말한다.

309 **생황오음육률(笙簧五音六律)**: '생황(笙簧·笙篁)'은 아악(雅樂)에 쓰는 관악기로 17개의 가는 대를 세우고 주전자 귀때 비슷한 부리로 분다. '오음(五音)'은 궁(宮)·상(商)·각(角)·치(徵)·우(羽) 이상 다섯 음을 말한다. 그리고 '육률(六律)'은 십이율 중 양성(陽聲)에 속하는 여섯 가지 소리. 곧, 태주(太簇)·고선(姑洗)·황종(黃鐘)·이칙(夷則)·무역(無射)·유빈(蕤賓)을 말한다.

310 **청탁(淸濁)**: 맑음과 흐림.

311 **상청음(上淸音)**: 위에서 나는 맑은소리.

고 줄을 골라서 마음껏 오늘 밤을 즐겨 보자. 내 소피 보고 들어오
마.”

방자는 요란하게 방문 소리를 내며 밖으로 나갔다. 방자는 문밖
에 나와 서서 기척 없이 귀를 기울이고 엿들었다.

배 비장은 자루 속에서 가느다란 소리로 말했다.

“여보오, 여보오.”

“왜 그러시오?”

“그자가 거문고를 좋아하는 수가 분명히 거문고를 꺼내어 볼 듯
하니 다른 데로 나를 좀 옮기게 해주오.”

“그러지요.”

애랑은 윗목에 놓여 있는 피나무 궤를 열었다.

“어서 빨리 들어가시오.”

배 비장이 궤를 보고 한마디 하는 것을 잊지 않았다.

“몸집은 큰데 궤는 작으니 어찌 몸을 숨기겠느냐?

애랑이 말했다.

“그 궤가 밖으로 보기는 적사오나 속이 넓어 몸을 숨기고 있을
만하니 잔말 말고 빨리 안으로 들어가시오.”

배 비장은 하릴없이 궤문을 열고 두 눈 감고 들어갔다. 굽히지
도 못하여서 몸을 곱송거리고 생각하니 한심하고 서러웠다. 그러
면서도 애랑의 흉계를 까맣게 모르고 있었다.

배 비장은 눈물을 흘리며 탄식했다.

"나 같은 호색312 남자 궤 속에서 고혼313되기로 누구를 원망하리. 저 여인 궤문 닫고 쇠 채우니 함정에 든 범이요. 우물에 든 고기로다. 답답한 궤 속에서 어찌 살리."

방자가 다시 들어 오며 말했다.

"내가 술을 사려고 나가는데 눈이 절로 스르르 감기면서 꿈을 꾸니 백발의 노인이 나를 불러 이르더란 말이야."

"그래서요?"

"그 백발노인이 내게 묻기를, 네 집에 거문고와 피나무 궤가 있느냐 하신다 말야. 내가 있다고 하자, 그 노인이 말하기를……."

"그 노인이 말하기를….."

"그 노인이 말하기를, 금신이 그 궤에 들어가 무수히 장난하니 그 궤가 너의 집에 있으면 망할 것이요, 없으면 흥할 것이니 알아서 하시더란 말이야."

"무슨 그런 꿈이 있단 말이오?"

"허어, 헛소리 말고 어서 가서 짚이나 한 단 가져오너라!"

"짚은 어데다 쓸려구요?"

"저 궤를 집에 두면 집이 망한다고 했으니 불에 태워 버리려고 한다."

---

312 **호색(好色)**: 여색을 매우 좋아함. 탐색(貪色).
313 **고혼(孤魂)**: 의지할 곳 없이 떠도는 외로운 넋.

이때 궤 속에서 배 비장이 그 말을 듣고 탄식하였다.

"인제는 바로 산 채로 화장당하는구나. 이 일을 어찌할꼬."

이러자 애랑은 방자와 맞서서 싸우는 시늉으로 악을 써댔다.

"조상 때부터 전해 내려오는 물건이라 소중한 저 궤 속에 업귀신이 들어 있어 우리 집 여러 식구 먹고 입고 쓰고 남게 하는 업궤314를 불사르지는 못하오리라."

방자가 화를 내면서 말했다.

"네 행실이 저러하니 너를 데리고는 못 살겠다. 가장집물315도 귀하지 않고, 또 어리고 아리따운 너도 싫다. 업궤 하나 가졌으면 내 어디 가서 못 살겠느냐."

방자가 그 궤를 걸머지고 나서면서 말했다.

"이 년 본 남편의 오랜 정리는 잊어버려 날 버리고 사잇서방과의 새 정만 취하니, 너는 이 집과 땅이나 차지하고 잘 살아라."

애랑이 궤를 붙들며 말했다.

"업궤를 임자가 가져가면 나는 폐가316 하라는 말인가? 이 궤는 못 놓겠네. 집과 땅은 임자가 차지하고 업궤는 나를 주소."

방자가 말했다.

---

314 업궤(業櫃): 업보(業報) 귀신이 든 궤.

315 가장집물(家藏什物): 집 안의 온갖 세간.

316 폐가(廢家): ① 버려두어 낡아 빠진 집. 폐옥. ② 가정이 망해 없어짐. ③ 호주가 죽고 상속인이 없어서 그 집의 대가 끊어지는 일. 또는 그런 집.

"그럴 터이면 양편이 가난하지 않게 이 업궤 한 가운데 먹줄 맞춰 갈러 내어 한 도막씩 차지하면 되겠구나."

"그러면 그럽시다."

"그럼 어서 가서 큰 톱을 가져오라."

"그러지요."

애랑이 쪼르르 뛰어가 큰 톱을 가져왔다.

"자, 톱 대어 갈라 보자."

방자와 애랑은 큰 톱을 마주 잡고 궤의 한가운데를 썰기 시작했다.

"슬근슬근 톱질이야……."

"실근실근 톱질이야……."

방자와 애랑은 장단을 맞춰가며 톱질을 계속했다.

"이 행실 부정 몹쓸 년을 내 모르고 두었더니 오늘에야 알았구나. 월로결승317 연분이 있어 같이 사는 줄 알았더니 오늘은 그 연분을 이 톱으로 자르게 되었구나. 이 궤를 갈러 내어 위 토막은 너를 주고 아래 토막은 내가 가지면 나는 작은 부자 되고 너는 큰 부자 되어 분수대로 각자 살아 보자!"

톱날이 점점 내려갔다. 톱은 제법 궤를 썰어서 톱밥이 배 비장이 들어 있는 궤 속에 떨어졌다.

---

317 **월로결승(月老結繩)**: 월하노인이 맺어준 처음 인연.

"아뿔싸 벌써 톱밥이 드는데 인제는 바로 허리를 잘리게 되었구나."

배 비장은 겁결에 외마디 소리를 질렀다.

"여보시오!"

"어, 여보시오?"

"여보시오, 좀 참으시오!"

"좀 참으시오."

"여보시오 미안하오. 하룻밤을 자도 만리성을 쌓는다는데 살던 계집에게 그 궤를 모두 주오. 도막 내 자르면 아주 없어지는 것 같이 되는 게 아니오."

방자가 톱을 내던지고 말했다.

"아뿔싸 업 귀신이 도생하여318 사람의 소리를 내는구나. 화침319을 하나 질러야겠구나."

방자가 이렇게 중얼거리며 부젓가락을 이글이글 달구었다.

달구어진 부젓가락으로 귀를 쑥 찌르니 배 비장의 왼편 눈으로 내려왔다.

배 비장은 기가 막혔다.

'아뿔싸 이제는 통제사를 하나 보다. 이제는 꼼짝달싹 못 하고

---

318 도생하다(倒生-): 거꾸로 생겨나다.
319 화침(火針): 종기를 따기 위하여 뜨겁게 달군 침.

죽는구나. 죽기는 일반이니 악이나 써 보리라.'

배 비장이 안간힘을 다해 소리를 질러댔다.

"여보 아무리 무식하기로 눈이 제일 귀한 게 아니오?"

방자가 화침을 내던지고 말했다.

"에구 업 귀신이 저 상할 줄 미리 알고 애걸하니 정상이 가긍320이라. 제 몸 상하지 않게 궤째 져다 물에 넣으리라."

방자가 궤에 질빵을 걸어지고 문을 열며 썩 나서며 상두꾼321의 소리로 노래를 하기 시작했다.

워 너머차 너호 어와, 원산322에 안개 돌고 근촌323에 닭이 운다.

워 너머차 너호 양곡324에 젖은 안개 월봉으로 돌아든다.

워 너머차 너호 어장촌에 개는 짖고 회안봉에 구름 떴다.

동방을 바라보니 명성325 일점 샛별 뜨고 벽해326 천 리 그늘진다.

고고천변 일윤홍327은 부상에 둥실 높이 떴다.

---

320 가긍하다(可矜—): 불쌍하고 가엾다.

321 상두꾼(喪—): 상여를 메는 사람. 향도(香徒). 상여꾼.

322 원산(遠山): 멀리 있는 산.

323 근촌(近村): 가까운 마을.

324 양곡(兩谷): 양쪽 골짜기.

325 명성(明星): 샛별.

326 벽해(碧海): 짙푸른 바다.

327 일윤홍(日輪紅): 둥근 해가 솟음.

워 너머차 너호 어와 이 궤를 져다가 저 물에 내어칠까.

이처럼 방자가 궤를 지고 가며 노래했다. 어디서 한 사람이 썩 나서며 말했다.

"게 네 진 것이 무엇이냐?"

"업궤로세."

"그 궤 내게 파시오."

"사다 무엇 하시랴오."

"업궤신의 양경328이 장질329에 약이라 하니 그걸 사다가 양경만 좀 베어서 쓸까 하네."

배 비장이 궤 속에서 이 말을 듣고 귀가 번쩍 뜨였다. 좋다고 혼자 새겨 생각하기를, 밑천은 없어져도 목숨만은 살 수 있는 노릇이었다.

배 비장이 소리를 질렀다.

"여보 그 뉘신 지는 모르거니와 그 흥정 놓치지 마시오."

방자가 궤를 져다 사또가 계신 동헌330 마당에다 벗어 놓으며 물에다 갖다 넣는 듯이 가장하고는 말했다.

---

328 **양경(陽莖)**: 남자의 성기.

329 **장질(長疾)**: 오래 앓는 병. 장병(長病).

330 **동헌(東軒)**: 고을 원이나 감사·병사(兵使)·수사(水使) 등이 공사(公事)를 처리하던 대청이나 집.

"궤 속에 있는 귀신 네 들어라. 네 죄목은 일일이 따지자면 만사무석331이다. 이제 창파332에 띄울 테니 멀리멀리 가거라."

방자는 정말 물에다 띄우는 듯이 물을 갖다 옆에 놓고 궤 틈으로 물을 부으면서 흔들흔들 정신을 잃게 요동했다. 배가 흔들리며 물이 새어 들어왔다.

배 비장은 참으로 바다에 띄워진 줄로만 알았다.

"어허 궤가 벌써 물에 떴나 보구나. 물이 들어오면 틀림없이 가라앉을 테니 이제는 신체도 찾을 길이 없겠구나."

배 비장은 다시 한탄했다.

"못 보겠다. 못 보겠다. 천 리나 먼 곳에 떨어져 있는 고향 땅의 늙은 부모 다시는 못 보겠다. 젊은 아내와 아이들의 얼굴도 다시는 못 보겠다. 이 물속에서 죽는다 한들 아무도 모르고 장사 지내 줄 사람이 없으니 더욱 슬프구나. 이 물이 멱라수333가 아니니 굴원334이 투신자살하여 맑은 뜻을 보인 것과 같지도 못할 것이며, 또 이 물이 오강수335가 아니니 자서가 충성으로 죽은 것 같은 이

---

331 만사무석(萬死無惜): 만 번 죽어도 아까울 것이 없음.

332 창파(滄波): 드넓은 바다의 푸른 물결.

333 멱라수(汨羅水): 중국 후난성(湖南省)에 있는 강. 상수(湘水)의 지류(支流).

334 굴원(屈原): 중국 전국 시대 초(楚)나라의 정치가이자 시인. 굴원은 개혁을 추구했으나, 나라의 상황에 절망하여 멱라수에 투신해 삶을 마감했다. 초나라 문학을 대표하는 시가집인 『초사(楚辭)』의 대표 작가인 굴원의 작품으로 「이소(離騷)」, 「어부사(漁父辭)」 등이 있다.

름도 남지 않을 것이리라. 이름도 없이 아무도 모르게 탐색망신336 죽게 되니 내 아니 잡놈인가, 이런 때 배가 지나가면 혹 목숨이나 살 수 있을는지도 모를 노릇 아니던가?"

사또가 하인들을 불러 분부했다.

"너희들이 일시에 배 지나가는 듯이 소리하라."

하인들이 여러 문을 뻐득뻐득 곤장을 뚝딱거리며 외쳤다.

"어기 여차… 어기 여차…."

배 비장은 궤 속에서 이 소리를 반겨 들었다.

"뻐득뻐득하는 소리는 닻 감는 소리오, 출렁출렁하는 소리는 노 젓는 소리로다. 강동337으로 가는 장한338이가 탄 배더라도 날 살리기나 하시오.

오백 인을 싣고 바닷속 섬으로 들어가는 서시가 탄 배라도 날 살리오.

---

335 오강수(吳江水): 오강의 물. '오강'은 중국 장쑤성(江蘇省)에 있는 강.

336 탐색망신(耽色亡身): 여색(女色)을 탐하다가 몸을 망치고 죽게 됨.

337 강동(江東): 양쯔강(揚子江)의 동쪽 지역을 말한다.

338 장한(張翰): 자가 계응(季鷹)으로, 오군(吳郡) 사람이다. 『진서(晉書)』「문원전(文苑傳)」 '장한(張翰)'조에 "(장한, 자계응, 오군오인야.……한유청재, 선속문(張翰, 字季鷹, 吳郡吳人也.……翰有淸才, 善屬文, 자가 계응(季鷹)으로, 오군(吳郡) 사람이다.……징한은 탁월한 재능을 가지고 있었으며 글을 잘 지었다."라는 기사가 보인다. 향수를 못 이겨 벼슬을 그만두고 배를 타고 강동으로 갔다는 인물.

고래를 탄 이백339의 소식을 듣고 풍월을 실어 가는 초강340의 어부배라도 날 살리소. 임술년341 가을에 적벽강342에서 소동파가 띄웠던 배라도 날 살리오. 청산만리 멀고 먼 곳에 함께 지나가는 배라도 이 궤를 실어 날 살리소."

이렇게 신바람이 나서 생각을 하다가 배 비장은 안간힘을 써서 고함을 질렀다.

"저기 가는 저 배 말 좀 물읍시다."

곁에 있던 사령343이 사공인 체하고 썩 나섰다.

"무슨 말이오."

"거기 가는 배가 어디 가는 배요?"

"제주 배요."

---

339 이백(李太白·李白, 701년~762년): 중국 당나라의 시인.

340 초강(楚江): 중국 허베이성(湖北省), 후난성(湖南省), 안후이성(安徽省) 등이 초(楚)나라 땅이었기 때문에 이곳을 흘러가는 장강(長江, 양쯔강)의 줄기를 초강(楚江)이라 부른다. 이백(李白)의 「망천문산(望天門山)」에 "천문중단초강개(天門中斷楚江開, 천문산 허리를 질러 초강이 흐르고), 벽수동류지북회(碧水東流至北廻, 푸른 물은 동쪽으로 흐르다 북쪽으로 휘돌아 가네.)라는 시구가 보인다.

341 임술년(壬戌年): 1082년.

342 적벽강(赤壁江): 중국 허베이성(湖北省) 황주(黃州)의 한천문(漢天門) 밖 장강 암벽 아래를 흐르는 강. 소식(蘇軾)의 「적벽부(赤壁賦)」에 "임술지추 칠월 기망(壬戌之秋 七月旣望, 임술년 가을 7월 열엿세 날에), 소자여객 범주(蘇子與客泛舟, 소자가 객과 함께 배를 띄워), 유어적벽지하(遊於赤壁之下, 적벽강 아래에서 노니)"라는 시구가 보인다. – 소식(蘇軾, 1036년~1101년): 중국 송나라 때 문장가. 호는 동파(東坡). 당송 8대 문장가(唐宋八大文章家)의 한 사람.

343 사령(使令): 조선 때, 각 관아에서 심부름하던 사람.

"무엇을 싣고 가는 배요?"

"미역, 전복, 해삼을 실었소."

"가지 말고 내 말 좀 들어보소."

"어… 무슨 말이요?"

"어렵지만 이 궤 좀 실어다가 죽을 사람 살려 주오."

한참 이렇게 수작이 벌어졌다.

이번에는 다른 사령이 나서며 말했다.

"끝없이 넓은 바다에서 웬 궤 속에서 소리가 나다니 참으로 괴이하다. 우리 배에 부정 탈라 상앗대344로 떠밀치라."

배 비장이 다급하게 말했다.

"난 잡것이 아니오. 사람이니 살려주오."

"사람이거든 거주하는 곳과 성명을 일러라."

"제주에 배걸덕쇠요."

사령 하나가 나서며 말했다.

"제주라 하는 곳이 물색지지345라 분명 유부녀 통간 갔다가 저 지경이 되었지."

"네. 옳소이다. 뉘신 지 모르거니와 참으로 귀신같이 압니다."

그중에도 배 비장은 목숨을 건질 수 있어 좋다고 생각하며 혼자

---

344 상앗대: 배를 댈 때나 띄울 때 또는 물이 얕은 데서 배를 밀어 나갈 때 쓰는 장대.
345 물색지지(物色之地): 미색을 찾는 땅.

중얼거렸다.

"하늘이 도우심인가, 헌원씨346가 배를 모아서 이제불통347하던 뜻은 날 살리란 배 아닌가. 물에 죽을 내 목숨 살려주시면 덕을 쌓는 일이니 날 살려주오."

사령이 말했다.

"우리 배에는 부정 탈까 못 올리겠고 궤문이나 열어 줄 것이니 능히 헤엄쳐서 갈 수 있겠소?"

"그것은 염려 마시오. 내가 용산에서 마포까지 왕래할 때 개헤엄348을 좀 배웠소."

"이 물은 짠 물이라 눈에 들면 멀 것이니 감고서 헤엄을 치시오."

"눈은 생전에 멀지라도 목숨이나 살려 주오."

사령이 말했다.

"그런 지경이면 눈이 멀지라도 날 원망은 하지 마시오."

사령이 잠긴 금거북 쇠349를 툭 쳐서 궤 문을 열었다.

배 비장이 알몸으로 궤에서 쑥 나왔다. 그러나 물이 짜서 눈이

---

346 헌원씨(軒轅氏): 중국의 고대 신화에 등장하는 제왕(帝王)으로 배를 처음으로 만들었다 한다.
347 이제불통(以濟不通): 막혀서 통할 수 없던 곳을 터놓음.
348 개헤엄: 개가 헤엄치듯이 손바닥을 아래로 엎어 팔을 물속 앞쪽으로 내밀어 물을 끌어당기면서 치는 헤엄.
349 쇠: ① '열쇠'의 준말. ② '자물쇠'의 준말.

먼다는 말을 들었기에, 소경이 될까 염려하여 두 눈을 잔뜩 감고 두 손을 허우적허우적 헤어갔다.

한참 이 모양으로 허우적거리며 헤어가다가 동헌 기둥에다 모지게 머리를 부딪쳤다. 배 비장은 눈에서 불이 번쩍 났다. 두 눈을 뜨고 자세히 살펴보았다. 동헌에 사또가 앉아 있고 대청350에는 삼공형351이며, 전후좌우352에 기생들과 육방관속353 노령배354가 일시에 두 손으로 입을 막고 웃음을 참고 있었다.

이때 사또가 웃으면서 물었다.

"자네, 그 꼴이 웬일인고?"

배 비장은 고개를 푹 수그리고 대답했다.

"소인의 친산355이 동소문 밖이 옵니다. 근래 곤손풍356이 들어 이 지경이 되었습니다."

---

350 대청(大廳): 한옥에서, 몸채의 방과 방 사이에 있는 큰 마루. 대청마루. 당(堂).
351 삼공형(三公兄): 조선 시대, 각 고을의 호장(戶長)·이방(吏房)·수형리(首刑吏)의 세 구실아치.
352 전후좌우(前後左右): 앞과 뒤, 왼쪽과 오른쪽. 곧, 사방.
353 육방관속(六房官屬): 지방 관아의 육방에 딸린 이속(吏屬).
354 노령배(奴令輩): 지방 관아의 간노와 시령의 무리.
355 친산(親山): 부모의 산소.
356 곤손풍(坤巽風): 서남풍. 곧 조상의 무덤에 대하여 반대 방향에서 부는 바람.

117

작품 해설

『배비장전』 꼼꼼히 읽기

1. 『배비장전』의 소재와 이본

판소리계 소설인 『배비장전(裵裨將傳)』은 지은이와 창작된 시기를 알 수 없는 작품이다. 다만 이 소설이 창작된 시기는 조선 후기 영조와 정조 시대에 이미 판소리로 발표된 일이 있는 것으로 보아 조선 후기에 창작된 것으로 보인다. 판소리 12마당의 하나인「배비장 타령」이 발전하여 소설화된 작품인 『배비장전』은 해학적 · 풍자적인 성격을 띠고 있다. 서거정의 『태평한화골계전(太平閑話滑稽傳)』에 실려 있는 〈발치설화(拔齒說話)〉는 사랑하는 기생과 이별을 할 때 이빨을 뽑아 주었던 소년의 이야기이고, 이원명의『동야휘집(東野彙集)』의 〈미궤설화(米櫃說話)〉는 기생을 멀리하였다가 오히려 어린 기생의 계교에 빠져 알몸으로 뒤주에 갇힌 채 여러 사람 앞에 망신을 당하는 경차관(敬差官)의 이야기이다.

〈발치설화〉와 〈미궤설화〉를 작품의 소재로 활용했을 것으로 생각되는 『배비장전』은 골계소설(滑稽小說)로 양반의 위선을 폭로하고, 조롱하며 풍자하고 있다.

『배비장전』의 이본(異本)으로는 『배비장전』의 딱지본들인 신구서림본(1916년), 박문서관본(1919년), 동양서원본(1925년), 광동서국본(1926년), 덕흥서림본(1935년) 등이 있으며, 김삼불교주본(국제문화관, 1950년) 등이 있다.

『배비장전』의 서사 구조는 크게 전반부와 후반부로 나눌 수 있다. 전반부는 정 비장과 애랑이 이별하는 이야기이고, 후반부는 배 비장이 욕된 일을 당하는 이야기로 구성되어 있다.

2. 『배비장전』 줄거리

제주 목사 김경의 비장으로 서울을 떠나 제주로 따라갈 때 배 선달은, 어머니와 아내 앞에서 여자를 가까이하지 않기로 굳게 맹세한다(발단).

풍랑으로 죽을 고비를 넘기는 등 고생 끝에 제주에 도착한 김경 일행은 기생과 즐거운 나날을 보낸다. 제주도 망월루에서 구관 사또의 정 비장이 기생 애랑과 이별하면서 정 비장이 가진 모든 재물과 의복을 다 내주고 이빨까지 차례로 빼 주고 떠난다. 정남이라고 자처하는 배 비장은 이를 보고 비웃으며, 자기는 절대로 여자에게 유혹당하지 않겠다고 방자와 내기를 한다. 이리하여 배 비장은 기생들을 외면하고 수절(守節)했다. 제주 목사가 이를 알고 배 비장을 골려주기 위해 기생들에게 배 비방을 유혹해 보라고 권유

했다. 애랑이 배 비장을 유혹해 보겠다고 자청하고 나섰다(전개).

목사 일행을 따라 꽃놀이를 나간 애랑은 뭇 기생과 떨어져 홀로 앉아 있는 배 비장을 유혹하려고 시냇가로 다가간다. 배 비장은 건너편 시냇가에서 교태를 부리며 걷고 있는 애랑의 모습을 보고 혹해 정신을 못 차린다. 배 비장은 배가 아프다는 핑계를 대고는 산중에 남아 있다가 방자를 시켜 애랑에게 편지를 보낸다. 애랑은 방자와 의논하여 구체적으로 배 비장을 골탕 먹일 계책을 꾸민다. 이를 모르는 배 비장은 방자를 통해 애랑에게 보낸 편지의 회답을 받게 된다. 그날 밤 배비장은 개가죽 옷을 입고 담구멍으로 기어 들어가 애랑의 집으로 간다. 배 비장이 애랑의 방에 들어가 벌거 벗은 몸이 되어 애랑과 놀아나려고 하는 순간이었다. 남편을 가장 한 방자가 방으로 들이닥치자, 애랑은 당황한 배 비장을 자루 속에 숨긴다. 방자가 술을 사러 간다고 나간 틈을 타, 나무 궤짝으로 들어간다. 방자가 방으로 들어와 나무 궤짝을 불 질러버리겠다, 톱으로 켜겠다고 소리를 질러대 배 비장의 혼을 빼놓았다. 방자는 나무 궤짝을 바다에 버리라는 꿈의 계시를 받았다고 하며 궤짝을 들고 동헌으로 가져간다(위기).

나무 궤짝을 바다에 버리는 척하며 동헌 마당에 져다 놓고, 물을 뿌리며 이리저리 흔들면서 뱃노래를 들려준다. 나무 궤짝이 바다 위에 던져진 줄 안 배 비장은 살려달라고 울부짖다가 사람 소리를 듣고 도움을 청한다. 뱃사공으로 꾸민 사령들이 나무 궤짝

문을 열어준다. 뱃사공으로 꾸민 사령들이 배비장을 구해주는 척하면서 소금물이 짜니 눈을 감고 나오라고 한다. 배 비장은 눈을 감고 헤엄을 친다면 몸뚱이로 허우적거리며 나오다가 동헌의 대청에 머리를 박는다(절정).

배 비장이 두 눈을 뜨고 살펴보았다. 동헌에 제주 목사 김경이 앉아 있고 대청에는 고을의 모모한 사람들과 여러 비장들이 앉아 있고, 전후좌우에 기생들과 사령 군노들이 줄줄이 늘어서 일시에 두 손으로 입을 막고 웃음을 참고 있었다(대단원).

3. 『배비장전』 주제

위선적 인간형을 풍자하고 있는 『배비장전』은 판소리 사설의 흔적이 많이 남아 있다. 그리고 『배비장전』에도 『춘향전』에 나오는 방자가 등장한다. 평민의 편에 서서 양반을 골려주는 『춘향전』의 방자와는 달리 『배비장전』에 나오는 방자는 양반 관료의 입장에서 배 비장을 골려주는 '말뚝이형 인물'로 등장한다. 벼슬아치들이 가정을 버리고 관기(官妓)를 두고 놀아나는 조선 사회의 구조악에 도전하는 배 비장이라는 인물이 제주 목사와 그 휘하 사람들의 유혹을 이겨내지 못하고 좌절하는 배 비장을 통해 위선적인 인간형의 묘사를 통해 배 비장 같은 인간 구상을 통렬하게 풍자하고 있다. 표면적으로는 양반 계층의 풍류를 묘사하고 있는 것으로 보이는 『배비장전』은 이면적으로는 양반 계층의 표리부동(表裏不同)하고 위선적인 행동을 비판적인 시선으로 묘사하면서 인간적인 본능대로 행동하는 서민 계층의 자유분방(自由奔放)한 행동을 긍정적인 시선으로 묘사하고 있다.

옹고집전

옹달 우물과 옹연못이 있는 옹진골 옹당촌에 한 사람이 살았다. 성은 옹이요, 이름은 고집이었다.

그 성미가 매우 괴팍하여 풍년이 드는 것을 싫어하고, 심술궂기가 이루 말할 데 없었으며, 모든 일에 고집을 부리기 일쑤였다.

살림 형편을 살펴보건대, 석숭[1]의 재물이나 도주공[2]의 드날린 이름이나 위세를 부러워하지 않을 만하였다.

옹가네 집 앞뜰에는 곡식이 쌓여 있었고, 뒤뜰에는 담장이 드높게 쳐져 있었다. 그 담장 밑으로는 석가산[3]이 우뚝 서 있었다. 석가산 위에 아담한 초당을 지었다. 네 귀에 달린 풍경에서 바람을 따라 쟁그렁 쟁그렁 맑은소리 들려왔고, 연못 속에서 금붕어가 물결 따라 뛰놀았다. 동편 뜨락의 모란꽃은 봉오리가 반쯤 벌어져

---

1 **석숭(石崇)**: 중국 서진(西晉)의 문인이며 부호.
2 **도주공(陶朱公)**: 중국 춘추 시대의 월왕 구천의 신하인 범여의 다른 이름. 월나라의 재상으로 제나라에서 부자가 됨.
3 **석가산(石假山)**: 정원 등에 돌을 모아 쌓아서 조그맣게 만든 산.

있었다. 왜철쭉과 진달래는 활짝 피어 있더니 춘삼월4 모진 바람에 모두 떨어졌다. 서편 뜨락 앵두꽃은 담장 안에 곱게 피고, 영산홍 자산홍은 바야흐로 한창이었고, 매화꽃도 복사꽃도 철을 따라 활짝 다 피니 사랑치레가 찬란하였다.

팔작집5 기와지붕에 마루는 어간대청6 삼 층 난간이 둘려 있고, 세살창 문 들장지7와 영창8에는 안팎 걸쇠와 구리로 된 돌쩌귀가 달려 있고, 쌍룡을 새긴 손잡이는 온갖 색깔도 영롱하게 공중에 솟아 있다. 방안 세간을 들여다보니 별도로 달아 낸 앞닫이에 팔 첩 병풍이요, 한쪽으로 놋요강과 놋대야를 밀쳐 놓았다.

며늘아기는 명주 짜고 딸아이는 수놓으며, 곰배팔이 머슴 놈은 갈대 자리를 엮고, 앉은뱅이 머슴 놈은 방아를 찧고 모두 바쁘게 일하고 있었다. 팔십 당년 늙은 모친은 병들어 누워 있는데도 불효막심한9 옹고집은 닭 한 마리, 약 한 첩도 봉양하지 않고, 아침에는 밥 한 그릇, 저녁에는 죽을 한 그릇 올려 남의 구설만 틀어막고 있었다.

---

4 춘삼월(春三月): 봄 경치가 한창 무르익는 음력 삼월.
5 팔작집(八作—): 네 귀에 추녀를 모두 단 집. 팔작가(家).
6 어간대청(—大廳): 방과 방 사이에 있는 큰 마루.
7 들장지(—障—): 들어 올려서 매달아 놓게 된 장지.
8 영창(映窓): 방을 밝게 하기 위해 방과 마루 사이에 낸 두 쪽의 미닫이.
9 불효막심하다(不孝莫甚—): 부모에게 불효함이 매우 심하다.

불기 없는 냉돌방에 홀로 누운 늙은 어미가 섧게 울며 탄식했다.

"너를 낳아 기를 때 애지중지10 보살피며, 보옥같이 귀히 여겨 어루만지면서 하는 말이 '은자동아, 금자동아, 고이 자란 백옥동아, 천지 만물 일월동아, 아국 사랑 간간동아, 하늘같이 어질거라, 땅같이 너릅거라! 금을 준들 너를 사며, 은을 준들 너를 사랴? 천생 인간 무가보11는 너 하나뿐이로다.' 이같이 사랑하며 너 하나를 키웠더니, 하늘 땅 아래 이러한 어미 공을 네 어찌 모르느냐? 옛날에 효자 왕상12은 얼음 속의 잉어를 낚아다가 병든 모친을 봉양하였다는데, 그렇게는 못 할망정 불효는 하지 말거라."

불효막심한 옹고집은 어미 말에 이렇게 대꾸했다.

"진시황 같은 이도 만리장성13을 쌓아 놓고, 아방궁을 높이 지어 삼천 궁녀를 옆에 두고 천년만년14 살고지고 하였더니, 그도 또한 이산15에 한 개의 무덤 속에 죽어 있고, 싸울 때마다 모조리 이

---

10 애지중지(愛之重之): 매우 사랑하고 귀중히 여김.

11 무가보(無價寶): 값을 매길 수 없을 만큼 귀중한 보배. 무가지보.

12 왕상(王祥): 중국 서진(西晋) 때 효자. 낙양성 서쪽에 한 작은 강변의 한 작은 촌에 살 때 어린 왕상이 얼어붙은 얼음 속에서 어머니(계모)를 위해 잉어를 잡아 옴.

13 만리장성(萬里長城): 중국 북쪽에 있는 긴 성. 진의 시황제가 흉노의 침입을 막기 위하여 크게 증축하였음. 장성.

14 천년만년(千年萬年): 천만년. 썩 멀고 오랜 세월.

15 이산(離山): 고산(孤山). 외따로 있는 산.

긴 초패왕16도 오강17에서 자결하였고, 안연18 같은 학식이 높은 학자도 불과 삼십 세에 요절하였다고 하였소. 옛글에 이르기를 인간이 칠십까지 사는 일은 매우 드문 일이라 하였으니, 팔십 당년 우리 모친 오래 살아서 무엇하리오? 오래 살면 욕심이 많아진다 하니, 우리 모친 그 뉘라서 단명하리오? 도척같이 몹쓸 놈도 오랜 세월 동안 사람들 입에 오르내리며 유명하거늘, 어찌 나 같은 아들을 가지고 시비하리오?"

아들놈의 심사 이러한 가운데에, 또한 불교를 업신여겨 허물없는 중을 보면, 결박하여 귀 뚫기와 어깨 타고 뜸질하기가 일쑤였다. 아들놈의 심보가 이러하니, 옹가집 근처에는 동냥중이 얼씬하지 않았다.

이 무렵, 저 멀리 월출봉 취암사에 도승 한 분이 있었다. 그의 높은 술법19은 귀신도 감탄할 경지에 이르러 있었다. 하루는 도승이 학 대사를 불러 일렀다.

---

16 초패왕(楚覇王): 중국 초(楚)나라의 항우(項羽)를 높여 이르는 말.

17 오강(烏江): 중국 당나라 말기의 시인 두목(803년~852년)의 「제오강정(題烏江亭)」이라는 시에 나오는 곳으로 초패왕 항우(기원전 232년~기원전 202년)가 스스로 목을 쳐서 자결한 곳이다.

18 안연(顏淵): 중국 춘추 시대(春秋時代) 노(魯)나라의 학자(BC 521~BC 490).

19 술법(術法): 음양과 복술(卜術)에 관한 이치 및 그 실현 방법. 술수(術數).

"내 듣자니, 옹당촌에 옹 좌수라 하는 놈이 불도[20]를 업신여겨 중을 보면 원수같이 군다 하니, 네 그놈을 찾아가서 책망하고 돌아와라."

학 대사가 분부를 받고 길을 나섰다.

학 대사는 헌 굴갓[21]을 눌러쓰고 마의 장삼[22]을 걸쳐 입고, 백팔 염주[23]를 목에 걸고 육환장[24]을 거머쥐고 허우적허우적 산을 내려갔다.

때마침 계수나무꽃이 활짝 피고 산새는 슬피 울며 가는 길을 재촉했다.

학 대사는 노을 진 석양 녘에 옹가집에 다다랐다. 어간대청 너른 집에 네 귀에 풍경 달고, 안팎 중문 솟을대문이 양옆으로 활짝 열려 있었다.

학 대사는 목탁을 딱딱 치며 권선문[25]을 펼쳐 놓고 염불을 외우

---

20 불도(佛道): 부처의 가르침. 법도(法道).

21 굴갓: 지난날, 벼슬을 가진 승려가 쓰던 갓. 대로 모자 위를 둥글게 만듦.

22 마의 장삼(麻衣長衫): 검은 베로 길이가 길고 소매를 넓게 만든 승려의 웃옷.

23 백팔 염주(百八念珠) : 작은 구슬 108개를 꿰서 그 끝을 맞맨 염주. 백팔 번뇌를 상징하며, 이것을 돌리며 염불을 외면 모든 번뇌를 물리친다 함.

24 육환장(六環杖): 석장(錫杖). 불교에서 승려들이 길을 나설 때 짚는 구리 혹은 청동으로 만든 지팡이다. 비구(남자 승려)가 들고 다닐 수 있도록 허용된 18가지 물건 중 하나이다. 보통은 6 바라밀을 상징하는 고리 6개가 달려 육환장(六環杖)이라고도 한다.

25 권선문(勸善文): 불가(佛家)에서, 권선하는 글발.

기 시작했다.

"천수천안관자재보살26, 주상전하 만만세, 왕비 전하 수만세27, 시주 많이 하옵시면 극락세계로 가오리다. 아미타불 관세음보살⋯⋯."

이때 중문에 기대어서 이 광경을 지켜보던 할미 종이 넌지시 일렀다.

"노장28 노장, 여보 노장, 소문도 못 들었소? 우리 집 좌수님이 춘곤증29을 못 이겨 초당에서 낮잠이 드셨는데, 만일 잠이 깰라치면 동냥은 고사하고 귀만 뚫리고 갈 것이니 일찌감치 돌아가소."

학 대사가 대답했다.

"높고 높은 누각 큰 집에서 중의 대접이 어찌하여 이리도 소홀할까? '선한 일을 쌓은 집안에는 반드시 좋은 일이 있고, 악한 짓을 한 집에는 반드시 재앙이 따르는 법'이라 하였소. 소승은 영암 월출봉 취암사에 사옵는데, 법당이 퇴락하여 천 리 길 멀다 않고 귀댁을 찾아 왔사오니 황금으로 일천 냥만 시주하옵소서."

---

26 천수천안관자재보살(千手千眼觀自在菩薩): 관음보살이 과거세의 모든 사람을 구제하기 위해 변화하여 나타낸 몸. 천 개의 손과 눈이 있어 모든 사람의 괴로움을 그 눈으로 보고 그 손으로 구제하고자 하는 뜻을 나타낸다.

27 수만세(壽萬歲): '만세수'를 누리라는 바람.

28 노장(老長): 노장 중. ① 나이가 많고 덕행이 높은 승려. ② 늙은 승려를 높여 이르는 말.

29 춘곤증(春困症): 봄날에 쉽게 피곤하거나 잠이 오는 증상.

학 대사가 합장 배례하고 다시 목탁을 두드렸다.

옹 좌수30가 벌떡 일어나 밀창문을 드르르 밀치면서 외쳤다.

"어찌 그리 요란하냐?"

종놈이 조심조심 여쭈었다.

"지금 문밖에 중이 와서 동냥을 달라 하나이다."

옹 좌수는 벌컥 화를 내며 성난 눈알 부라리며, 소리 질러 꾸짖었다.

"괘씸하다 이 중놈아! 시주하면 어쩐다냐?"

학 대사는 이 말을 듣고 육환장을 눈 위로 높이 들어 합장 배례하며 대답했다.

"황금으로 일천 냥만 시주하옵시면, 소승이 절에 가서 수륙제31를 올릴 적에, 아무 면 아무 촌 아무개라 외우면서 축원을 드리오면 소원대로 되나이다."

옹 좌수가 쏘아붙였다.

"허허, 네놈 말이 가소롭다. 하늘이 만백성을 낼 때, 부유하고 가난하고, 자손이 있고 없고, 복이 있고 없고를 미리 분별하여 내셨거늘, 네 말대로 한다면 가난할 이 뉘 있으며, 자식 없을 이 누가 있겠는가? 속세에서 일러오는 인정 마른 중이렷다! 네놈 마음

---

30 좌수(座首): 조선 시대, 지방의 자치 기구인 향청(鄕廳)의 우두머리.
31 수륙제(水陸祭): 불교에서 물과 육지의 잡귀를 위해 재를 올리며 경문을 읽는 일.

이 고약하여 부모 은혜 다 저버리고 머리 깎고 중이 되어 부처님의 제자인 양, 아미타불32 거짓 염불을 외며 어른 보면 동냥 달라, 아이 보면 가자 하니, 충성과 효행을 다하지 않음이 매우 심하며, 마음이 음흉한 네놈의 행실을 내 이미 알았으니 동냥 주어 무엇하리?"

학 대사는 다시금 합장 배례하며 공손히 말했다.

"소승은 이미 청룡사에 축원 올려 만고33 영웅 소대성을 낳아 충성을 다하여 나라의 은혜에 보답하였으며, 천수경34을 공부하여 주상 전하 만수무강35하옵기를 아침저녁으로 발원하니, 이 어찌 충성을 다하여 나라의 은혜에 보답하는 일이 아니오며, 부모의 은혜를 갚는 일이 아니리까? 그런 말씀 아예 마옵소서."

옹 좌수가 물었다.

"네 무엇을 배웠기로 그렇듯 말하느냐? 지식이 있을진대 나의 관상을 봐다오."

---

32 **아미타불(阿彌陀佛)**: 서방 정토의 부처의 이름. 모든 중생을 제도하려는 대원(大願)을 품은 부처로서, 이 부처를 염(念)하면 죽은 뒤 극락정토에 태어날 수 있다 함.

33 **만고(萬古)**: (주로 '만고의'의 꼴로 쓰여) 비길 데가 없음.

34 **천수경(千手經)**: 경문(經文)의 하나. 천수관음의 유래와 발원(發願)·공덕(功德) 등을 말하였음. 천수다라니경.

35 **만수무강(萬壽無疆)**: 아무 탈 없이 오래 삶. 건강과 장수를 빌 때 쓰는 말. 만세무강.

학 대사가 옹 좌수의 얼굴의 생김새를 살펴보고 말했다.

"좌수님의 얼굴의 생김새를 살펴보건대, 눈썹이 길고 미간이 넓으시니 명성과 위세는 드날리겠습니다. 그러나 눈 밑이 곤하시니 자손이 부족하고, 얼굴이 좁으시니 남의 말을 듣지 아니 하고, 손발이 작으시니 횡사도 할 듯하고, 말년에 상한병36을 얻어 고생하다 죽겠습니다."

이 말을 듣고 성난 옹 좌수가 종놈들을 소리쳐 불렀다,

"돌쇠야, 뭉치야, 깡쇠야! 저 중놈을 잡아내라!"

종놈들이 달려들어 굴갓을 벗겨 내던지고, 학 대사를 휘휘 휘둘러 돌 위에 내동댕이쳤다.

옹 좌수가 호령했다.

"미련한 중놈아! 들어 보라. 진도남37 같은 이도 중 따윈 필요 없다고 하고서 운림처사38 되었거늘, 너 같은 완승39놈이 거짓 불도 핑계하여 남의 돈과 곡식을 턱없이 달라 하니, 너 같은 놈 그냥 두지 못하겠다!"

종놈을 시켜 중을 눌러 잡고, 꼬챙이로 귀를 뚫고 태장40 사십

---

36 상한병(傷寒病): 차가운 기운으로 생긴 병증.

37 진도남(陳圖南): 여동빈(呂洞賓) 등과 함께 화산(華山)에 은거하던 도인.

38 운림처사(雲林處士): 벼슬을 하지 아니하고 초야에 묻혀 살던 선비.

39 완승(頑僧): 완고하고 고집스러운 승려.

40 태장(笞杖): 태형(笞刑)과 장형(杖刑).

대를 호되게 내리쳐서 내쫓았다. 그러나 술법이 높은 학 대사는 까딱없이 돌아서서 월출봉 취암사 사문[41]으로 들어갔다. 여러 중이 달려 나와 그의 험한 꼴을 보고는 어찌 된 영문인지 캐물었다.

학 대사가 천연스럽게 대답했다.

"내 그 고약한 옹가 놈에게 이리되었느라."

중 하나가 썩 나섰다.

"스승의 높은 술법으로 혼을 내줘야 합니다. 염라대왕께 전갈하여 저승사자를 보내 옹고집을 잡아다가 지옥 속에 엄히 보내서, 세상에 영영 나오지 못하게 하옵소서."

학 대사가 대답했다.

"그럴 수는 없다."

다른 중이 나섰다.

"그리하오면 해동청[42] 보라매가 되어 푸른 하늘 구름 사이로 높이 떠서 서산에 머물다가 날쌔게 달려들어, 옹가 놈 대갈통을 두 발로 덥석 쥐고 두 눈알을 꼭지 떨어진 수박 파듯 하십시오."

학 대사가 움칠하며 대답했다.

"아서라, 아서라! 그도 못 할 짓이다."

또 한 중이 썩 나섰다.

---

41 사문(寺門): 절의 문.
42 해동청(海東靑): 매.

"그러하오면 만첩청산[43] 용맹스러운 호랑이가 되어 깊은 밤에 담장을 넘어들어 옹가 놈을 물어다가, 사람 없는 험한 산 외진 골에서 뼈도 남기지 말고 먹으십시오."

학 대사는 여전히 고개를 저었다.

"그도 또한 못 하겠다."

다시 한 중이 여쭈었다.

"그러하오면 신미산 여우 되어 분단장을 곱게 하고 비단옷으로 맵시 내어, 여색을 매우 좋아하는 옹고집 품에 안기십시오. 붉은 입술과 흰 이로 달콤한 말을 속삭여 옹고집을 속일 적에 '첩은 본디 월궁[44] 선녀이옵는데, 옥황상제께 죄를 얻어 인간 세계로 내치시매 갈 바를 몰랐습니다. 산신님이 불러들여 옹 좌수님과 연분이 있다 하여 지시하옵기로 이렇게 찾아왔나이다.' 하며 온갖 교태를 내보이면, 여색[45]을 매우 좋아하는 옹가 놈이 필경에는 몹시 반하여, 등을 쓸고 배를 만지며 온갖 희롱을 하다가 찬 바람을 쐬어서 병에 걸려 말라 죽게 하옵소서."

학 대사가 벌떡 일어나며 말했다.

"아서라, 그도 못 하겠다."

---

43 만첩청산(萬疊靑山): 사방이 첩첩이 둘러싸인 푸른 산.
44 월궁(月宮): 전설에서, 달 속에 있다는 궁전.
45 여색(女色): ① 여자와의 육체적 관계. ② 남성의 눈에 비치는 여성의 아름다운 자태.

술법 높은 학 대사는 괴이한 꾀를 냈다. 학 대사는 동자를 시켜 짚 한 단을 끌어내 가져오라 일렀다. 그리고 짚을 손으로 엮어서 허수아비를 만들었다. 영락없는 옹고집의 마음이 음흉한 상46이었다. 학 대사가 그 허수아비 옹고집에다가 부적을 써 붙였다. 이놈의 화상, 말 대가리 주걱턱에 어디로 보나 영락없는 옹가였다.

가짜 옹고집이 거드럭거리며 진짜 옹고집의 집을 찾아갔다. 이윽고 사랑채를 차지하고 앉아 사랑문을 드르륵 열며 하인들에게 분부를 내렸다.

"늙은 종 돌쇠야, 젊은 종 몽치야, 깡쇠야! 어찌 그리 게으르고 방자하냐? 말에 콩 주고 여물 썰어라! 춘단이는 빨리 나와 방 쓸어라."

가짜 옹고집이 태연히 앉아 호령을 했다. 이리 보나 저리 보나 틀림없는 옹 좌수였다.

이때 바깥나들이를 나갔던 진짜 옹고집이 들어서며 큰 소리로 말했다.

"어떠한 손님이 왔기로 이렇듯 사랑채가 소란하냐?"

가짜 옹고집이 이 말을 듣고 나앉으며 대꾸했다.

"그대 어쩐 사람이기로 예의도 없이 남의 집에 들어와 주인 행세를 하느냐?"

---

46 상(相): ① 관상에서, 얼굴의 생김새. ② 그때그때 나타나는 얼굴의 표정.

진짜 옹고집이 버럭 성을 내며 호령했다.

깊은 산에 파묻혀 사는 선비를 찾기는 쉬울망정, 밝은 대낮에 이 방 안에서 이 댁 옹 좌수를 찾는 일은 전혀 가망이 없어 보였다. 입을 다물고 말없이 서 있던 하인 하나가 안채로 들어가서 진짜 옹고집 아내에게 아뢰었다.

"네가 내 집에 재물이 넉넉하다 말을 듣고 재물을 탈취하고자 집안으로 당돌히 들었으니 내 어찌 그냥 두랴. 깡쇠야, 어서 이놈을 잡아내라."

하인들이 얼이 빠져 이도 보고 저도 보고, 이리 보고 저리 보나 가짜 옹고집과 진짜 옹고집이 똑같았다. 두 옹고집은 아옹다옹 다투었다. 그 옹고집이 그 옹고집이었다.

"일이 났소, 일이 났소. 우리 댁 좌수님이 둘이 되었으니 이런 일은 난생처음 보는 일입니다. 집안에 이런 변이 세상에 어디 또 있겠습니까?"

진짜 옹고집 아내가 이 말을 듣고 몹시 놀라 얼굴빛이 하얗게 질려 말했다.

"애고 애고, 이게 웬 말이냐? 좌수님이 중만 보면 당장에 묶어 놓고 악한 형벌 마구 하여 불도를 업신여기며, 팔십 먹은 늙은 모친 박대했는데 어찌 죄가 없겠느냐! 땅 신령님이 발동하고 부처님이 도술을 부려 하늘이 벌을 내리신 모양이구나. 하늘이 내리신 벌을 사람의 힘으로 어찌하랴?"

진짜 옹고집 아내는 춘단 어미를 불러들여 분부했다.

"당장 가서 네가 진짜와 가짜를 가려 보아라."

춘단 어미가 허둥지둥 사랑채로 나가, 문틈을 열고 기웃기웃 엿보았다. 두 옹고집이, '네가 옹가냐? 내가 옹가다!' 하고 서로 고집을 부리며 호령하고 있었다. 말투와 몸놀림이 똑같았고, 얼굴의 생김새도 두 옹고집이 흡사했다.

춘단 어미가 기가 막혀 말했다,

"뉘라서 까마귀 암수를 알아보리오? 하더니, 뉘라서 어찌 두 진짜 옹고집과 가짜 옹고집을 가리리요?"

춘단 어미가 허겁지겁 안으로 들어서며 말했다.

"마님 마님! 두 좌수님 모두가 흡사하와, 쇤네는 전혀 알아볼 수 없사옵니다."

진짜 옹고집 아내가 생각난 듯 일러 주었다.

"우리 집 좌수님은 새로이 좌수가 되어 도포를 성급히 다루다가 불똥이 떨어져서 안자락이 탔으므로, 구멍이 나 있으니, 그것을 찾아보면 진짜 옹고집과 가짜 옹고집을 가릴지라, 다시 나가 알아오라."

춘단 어미가 다시 나와 사랑문을 열어젖히면서 말했다.

"알아볼 일 있사오니 도포를 보여주십시오. 안자락에 불똥 구멍이 있나이다."

진짜 옹고집이 나앉으며 도포 자락 펼쳐 보였다. 구멍이 또렷한 것이 진짜 옹고집이 분명했다. 그때 가짜 옹고집이 뒤따라 나앉으며 불호령을 내렸다.

"예라 이 요망스러운 년! 가소롭다! 남산 위에 봉화 들 때 종각에서 인경47을 뗑뗑 치고, 사대문을 활짝 열 때 순라군이 서 있는 건 당연한 일이 아니더냐? 옜다, 그만한 표는 나도 있다."

가짜 옹고집이 앞자락을 펼쳐 보였다. 그도 또한 뚜렷하였다. 알 길이 전혀 없었다.

답답한 춘단 어미가 안으로 들어서며 진짜 옹고집 아내에게 아뢰었다.

"애고 애고, 마님. 이게 웬 변고랍니까? 불구멍이 두 좌수께 다 있으니 쇤네는 전혀 알 수 없소이다. 마님께서 몸소 나가 보옵소서."

진짜 옹고집 아내가 말 듣고 낯빛이 흐려지며 탄식했다.

"우리 둘이 만났을 때 '아내는 반드시 남편을 따라야 한다는 말을 본받아 서산에 지는 해를 긴 끈으로 잡아매고 길이 영화 누리면서 살아서도 이별 말고 죽어도 한날한시에 죽자'고 하늘과 땅에 맹세하고, 달님 해님도 보았거늘, 난데없이 이런 변이 생기니 꿈인가 생시인가? 이 일이 웬일일꼬? 학식과 덕이 높은 공자도 노나

---

47 인경: ←인정(人定). 조선 때, 밤에 통행금지를 알리기 위해 치던 큰 종. 서울의 보신각(普信閣)종, 경주의 봉덕사종 따위.

라 양호48에게 화액49을 입었다가 도로 놓여 성인50이 되셨으매, 자고로 성인들도 한때 곤액51 있거니와, 이런 괴변이 어디 또 있을꼬? 내 행실 가지기를 소나무처럼 꿋꿋하게 살아왔거늘, 두 낭군을 어찌 새삼 섬긴단 말이냐?"

이렇듯 탄식할 때 며느리가 여쭈었다.

"집안에 변을 보매 체모가 아니 서니 이 몸이 밝히오리다."

사랑방 문 퍼뜩 열고 들어가니, 가짜 옹고집이 나앉으며 일렀다.

"아가 아가, 게 앉아 자세히 들어 보라. 창원 땅 마산포에서 혼례식을 마치고 신행52하여 올 때에, 십여 마리의 말에 온갖 살림살이를 싣고서는 길을 떠나지 않았느냐? 그때 내가 뒤에서 따라올 때. 수말 한 놈이 암말 보고 날뛰다가 뒤뚱거리는 바람에 등에 실은 살림살이가 땅에 떨어져 파삭파삭 결딴나고, 놋동이53는 한복판이 뚫어져서 못 쓰게 되었기로 벽장에 넣었거늘, 이도 또한 헛

---

48 양호(陽虎): 기원전 517년 공자가 살던 시대에 노(魯)나라 소공(昭公)이 맹손(孟孫)·숙손(叔孫)·계손(季孫) 등 노나라 권세가인 삼가(三家)에게 쫓겨 객사한 후 국정을 장악한 삼가의 가신.

49 화액(禍厄): 재앙과 곤란.

50 성인(聖人): ① 지혜와 덕이 뛰어나 길이길이 우러러 받들어 본받을 만한 사람. 성자(聖者).

51 곤액(困厄): 딱하고 어려운 사정과 재앙이 겹친 불운.

52 신행(新行): 혼인 때, 신랑이 신부의 집으로 가거나 신부가 신랑의 집으로 가는 일. 혼행(婚行).

53 놋동이: 놋쇠로 만든 동이.

말이냐? 네 시아비는 바로 나다!"

기가 막힌 진짜 옹고집도 앞으로 나앉아 말했다.

"애고 저놈 보게. 내가 할 말을 제가 다 하고 있구나. 애고 애고 이 일을 어찌할꼬? 새아기야, 내 얼굴을 자세히 보라! 네 시아비는 바로 나다!"

며느리가 공손히 여쭈었다.

"우리 아버님은 머리 위로 금이 있고, 금 가운데 흰머리가 있사오니 그 표를 보여주십시오."

진짜 옹고집이 얼른 나앉으며 머리 풀고 표를 보여주었다. 머리통이 차돌 같아 송곳으로 찔러 본들 물 한 점, 피 한 방울 나지 않을 것 같았다. 가짜 옹고집도 나앉으며 요술을 부려 그 흰 털을 뽑아내어 제 머리에 붙였다. 진짜 옹고집의 표적은 없어지고 가짜 옹고집의 표적이 분명했다.

"며느리야! 내 머리를 자세히 보라."

며느리가 살펴보고 말했다.

"틀림없는 우리 시아버님이오."

진짜 옹고집은 복통할 노릇이라, 주먹으로 가슴치고 머리를 지끈지끈 두드리며 소리쳤다.

"애고 애고, 가짜 옹고집을 아비 삼고 진짜 옹고집을 구박하니, 기막혀 나 죽겠네! 내 마음에 맺힌 서러움 누구보고 하소연한단 말인가?"

147

종놈들은 남문 밖 활터54로 걸음을 재촉하여 진짜 옹고집의 아들을 찾아갔다.

"어서 집으로 가십시다. 서방님 어서 바삐 가십시다! 일이 났소이다, 변이 났소이다. 우리 댁 좌수님이 두 분이 되어 있다니까요."

진짜 옹고집의 아들이 이 말을 듣고, 화살 전통55을 걸어 멘 채 허둥지둥 집으로 달려와서 사랑채로 들어갔다. 진짜 옹고집도 가짜 옹고집도 살펴보았다. 그러나 누가 진짜 아비인 줄 알 길이 없었다.

가짜 옹고집이 천연스럽게 나앉으며 탄식했다.

"애고 애고, 저놈 보게, 내가 할 말 제가 하네."

아들놈이 얼굴 모습을 살펴보았다. 이도 같고 저도 같아 알 길이 전혀 없어 어리둥절해 서 있었다. 가짜 옹고집이 나앉으며 아들을 불러 재촉하여 일렀다.

"네 어미더러 좀 나오라 하였다고! 이렇듯이 변이 일어났는데 내외56할 것 전혀 없다 일러라."

진짜 옹고집의 아들놈이 안으로 들어가 여쭈었다.

---

54 활터: 활쏘기를 하는 곳. 사장(射場).

55 전통(箭筒): '전동(箭筒)'의 본딧말. 화살을 넣는 통.

56 내외(內外): 조선 시대, 모르는 남녀 간에 서로 어려워하여 얼굴을 바로 대하지 않고 피함.

"어머님 어머님, 사랑채에 괴변이 나서 아버님이 둘이오니, 어서 나가 자세히 살펴보십시오."

내외에도 불구하고 진짜 옹고집 아내가 사랑채로 썩 나섰다.

가짜 옹고집이 진짜 옹고집의 아내를 보고 앞질러 말했다.

"여보 임자! 내 말을 자세히 들어 봐요. 우리 둘이 첫날밤 신방으로 들었을 때, 내가 먼저 그만 자자 하였더니 언짢은 기색으로 임자가 돌아앉기로, 내 다시 타이르며 좋은 말로 임자를 달래며 '이같이 좋은 밤은 백 년에 한 번 있을 뿐인지라 어찌 서로 허송하리오?'하고 말하지 않았소. 그제야 임자가 못 이기는 척하고 함께 잠자리에 들었으니, 그때 일을 더듬어서 누가 진짜 남편인지 분별하도록 하오."

진짜 옹고집의 아내가 굽이굽이 생각하니, 과연 그 말이 맞은지라, 가짜 옹고집을 지아비라 일컬었다. 진짜 옹고집은 가슴을 쾅쾅 치며 눈에서 불이 났으나 어찌할 수 없었다.

진짜 옹고집 부인도 답답해하며 말했다.

"두 분이 똑같으니, 소첩인들 어이 아오? 애통하오, 애통하오!"

진짜 옹고집 아내는 안으로 들어가도 마음이 아니 놓여 팔자 한탄을 늘어놓았다.

"애고 애고 내 팔자야! 아내는 반드시 남편을 따라야 한다는 옛말대로 한 낭군 모셨거늘, 이제 와 이도 같고 저도 같은 두 낭군이 웬 변이란 말이냐? 전생에 무슨 죄를 지었기에 이년의 드센 팔자

149

이렇듯 애통할꼬? 애고 애고 내 팔자야!"

이때였다. 구불촌 김 별감이 문밖에 찾아왔다.

"옹 좌수, 게 있는가?"

그 말이 떨어지자마자, 가짜 옹고집이 썩 나서며 말했다.

"그게 뉘신가? 허허 이거 김 별감 아닌가. 달포를 못 보았는데, 그 새 댁내 무고한가? 나는 요새 집안에 변괴가 있어 편치 못하다네. 어디서 온 누구인지 말투와 몸놀림에 형용도 흡사하여, 나와 같은 자가 들어와서 옹 좌수라 일컬으며, 내 재물을 빼앗고자 몹쓸 계책을 부리면서 내 행세를 하니, 이런 변이 세상에 어디 또 있겠는가? '그의 아내는 알지 못하되 그의 벗은 알지로다' 하였으니, 자네 나를 모를까 보냐? 나와 자네는 예전부터 친하게 지내는 터수이니, 우리 뜻을 아주 명백하게 분별하여 저놈을 쫓아 주게."

진짜 옹고집은 이 말 듣고 가슴을 꽝꽝 치며 호령했다.

"애고 애고 저놈 보게! 제가 난 체 천연이 들어앉아 좋은 말로 저렇듯 늘어놓네! 이놈 죽일 놈아, 네가 옹가냐 내가 옹가지."

이렇듯이 두 옹고집이 아옹다옹 말다툼을 했다.

김 별감은 이리 보고 저리 보고 있다가 어이없어 말했다.

"양 옹이 옹옹하니 이 옹이 저 옹 같고 저 옹이 이 옹 같아 양 옹이 흡사하니 분별치 못하겠네! 사실이 이럴진대 관가에 바삐 가서 사또님께 판가름을 해달라고 송사57나 하여 보게."

두 옹고집은 이 말을 옳게 여겨, 관청으로 달려가서 송사를 아뢰었다. 사또가 나앉으며 두 옹고집을 살펴보았다. 얼굴도 흡사하고 의복도 같아 도무지 알 길이 없었다. 마침내 형방에게 분부했다.

"저 두 놈의 옷을 벗겨 가려 보라."

형방이 썩 나서며 두 옹고집을 발가벗겼다.

차돌 같은 대갈통이 같거니와, 가슴, 팔뚝, 다리, 발이 모두 같고 불알마저 흡사했다. 도무지 누가 진짜 옹고집인지 귀신도 구별하지 못할 정도였다.

진짜 옹고집이 먼저 아뢰었다.

"이 몸은 조상 대대로 옹당촌에서 살아왔습니다. 그런데 천만뜻밖으로 만나 본 적이 없어 전혀 모르는 자가 이 몸과 행색을 똑같이 하고 태연히 들어와서, 저의 집을 제집이라 우기고, 저의 가솔을 제 가솔이라 이르오니 세상에 이런 변괴가 어디 또 있겠습니까? 명명하신58 사또께서 저놈을 엄하게 문초하시어 옳고 그름을 밝혀 주십시오."

가짜 옹고집도 또한 아뢰었다.

"제가 사뢰고자 하던 것을 저놈이 다 아뢰매 저는 다시 사뢸 말

─────────────

57 송사(訟事): 백성끼리의 분쟁이 있을 때, 관부에 호소하여 판결을 구하던 일.
58 명명하다(明明−): 사리에 아주 밝다.

씀이 없사옵니다. 명철하신 사또께서 샅샅이 살피시어 허실59을
밝혀 가려 주옵소서. 이제는 죽사와도 여한이 없겠나이다."

사또가 엄히 꾸짖어 두 옹가가 입을 다물게 했다. 그런 연후에
사또는 육방의 아전과 내빈 행객60을 불러내어 두 옹가를 살펴보
게 하였으나, 진짜 옹고집이 가짜 옹고집 같고 가짜 옹고집이 진
짜 옹고집 같아 전혀 알 수 없었다.

형방이 아뢰었다.

"두 백성의 호적을 참고하여 보십시오."

사또가 말했다.

"허허 그 말이 옳도다."

사또가 호적색61을 불러 놓고, 두 옹의 호적을 읊어 보라고 했
다.

진짜 옹고집이 나앉으며 아뢰었다.

"저의 아버지 이름은 옹송이옵고 할아버지는 만송이옵나이다."

사또가 이 말 듣고 말했다.

"허허 그놈의 호적은 옹송 만송하여 전혀 알 수 없으니, 다음
백성이 아뢰도록 하라."

---

59 허실(虛實): 거짓과 참.

60 행객(行客): 지나가는 손님. 나그네.

61 호적색(戶籍色): 예전에, 고을의 호적에 관한 일을 맡아보던 한 부서.

이때 가짜 옹고집이 나앉으며 아뢰었다.

"자하골 김등네 좌정62하였을 때에, 저의 아버지가 좌수를 거행하올 때에 백성을 애휼63한 공으로 말미암아 온갖 부역을 삭감하였기로 관내에 유명하오니, 옹돌면 제일호 유생 옹고집이요, 나이 삼십칠 세이옵니다. 아버지는 옹송이온데 절충장군이옵고, 할아버지는 만송이오나 오위장64을 지내셨습니다. 고조할아버지는 맹송이요, 본은 해주이오며, 처는 진주 최씨이옵니다. 아들놈은 골이온데 나이는 십구 세 무인생65이요, 하인으로 천비66 소생 돌쇠가 있사옵니다.

다시 저의 세간을 아뢰겠습니다. 논밭 곡식 합하여 이천백 석이요, 마구간에 말이 여섯 필이요, 암수 돼지 합하여 스물두 마리요, 암탉 수탉 합하여 육십 수입니다. 또한 그릇으로 말할 것 같으면, 안성 방짜 유기67가 열 벌이요, 앞닫이 반닫이에, 이층장, 화류문

---

62 좌정(坐定): '앉음'의 공대말.

63 애휼(愛恤): 불쌍히 여겨 은혜를 베풂.

64 오위장(五衛將): 조선 때, 오위의 군사를 거느리던 장수. 12명이며, 품계는 종이품.

65 무인생(戊寅生): 육십갑자의 열다섯째로, 천간이 '무'이고 지지가 '인'인 간지에 태어난 사람.

66 천비(賤婢): 신분이 천한 여자 종.

67 방짜 유기: 품질이 좋은 놋쇠를 녹여 부은 다음 다시 두드려 만든 그릇.

153

갑68, 용장69, 봉장70, 가께수리71, 산수병풍, 연화병풍 다 있사옵
고, 모란을 그린 병풍 한 벌은 제 자식 신혼 시에 매화 그린 폭이
찢어져 고치고자 다락에 따로 얹어 두었사오니 그리 아시옵소서,

또 이 몸의 집에 있는 책자로 말하오면 천자 · 당음 · 당률 · 사략
· 통감 · 소학 · 대학 · 논어 · 맹자 · 시전 · 서전 · 주역 · 춘추 · 예
기 총목까지 쌓아 두었나이다.

또 은가락지가 이십 걸이, 금반지는 한 죽72이요, 비단으로 말
하오면 청 · 홍 · 자색 합쳐서 열세 필이요, 모시가 서른 통이요, 명
주가 마흔 통이옵니다. 그중 한 필은 저의 큰 딸아이가 첫 몸을
보았기로 가점73을 명주통에 끼웠더니, 피가 조금 묻었으매, 이것
을 보아도 아주 명백하게 알 것입니다. 진신74 · 마른신75이 석 죽
이요, 쌍코76 줄변자77가 여섯 켤레 중에 한 켤레는 이달 초사흘

---

68 **화류문갑**: 화류로 만든 문갑. '화류(樺榴)'는 자단(紫檀)의 목재. 붉고 결이 고우며
　단단하여 건축 · 가구 따위의 고급 재료로 많이 씀.
69 **용장(龍欌)**: 용무늬를 새긴 옷장.
70 **봉장(鳳欌)**: 봉황새 무늬를 새겨 꾸민 옷장.
71 **가께수리**: 여닫이 문안에 여러 개의 서랍을 설치한 단층장 형태의 금고.
72 **죽**: 옷 · 그릇 등의 열 벌을 묶어 일컫는 말.
73 **가점**: 개짐. 여자가 월경할 때 샅에 차는, 헝겊 등으로 만든 물건. 생리대.
74 **진신**: 예전에, 물이 배지 않게 들기름에 결어 만든, 진 땅에서 신던 가죽신. 유혜
　(油鞋).
75 **마른신**: ① 기름으로 겯지 않은 가죽신. ② 마른땅에서만 신는 신. 건혜(乾鞋).
76 **쌍코(雙—)**: 두 줄로 솔기를 댄 가죽신의 코.

밤에 쥐가 코를 갉아 먹어 신지 못하옵고 안 벽장에 넣었으니, 이 것도 염문78하와 하나라도 틀리오면 곤장 맞고 죽사와도 할 말이 없사옵니다. 저놈이 저의 세간 이렇듯이 넉넉함을 얻어듣고, 욕심을 내어 송정79을 요란하게 하오니, 저렇듯 무도한 놈을 처치하사 타인을 경계하옵소서."

사또가 듣기를 다 하더니 고개를 끄덕이며 말했다.

"그 백성이 진짜 옹고집이요."

가짜 옹고집이 절을 올리며 말했다.

"아이고, 사또 나리 이 은혜를 죽어도 잊지 않겠습니다."

사또는 가짜 옹고집을 당상으로 올려 앉히며 기생을 불러들였다.

"이 양반께 술 권하라."

뛰어난 미인인 기생이 술을 들고 권주가를 불렀다.

"잡으시오, 잡으시오, 이 술 한 잔 잡으시오. 이 술 한 잔 잡으시면 천년만년 사시리라. 이는 술이 아니오라 한무제80가 승로반81에 이슬 받은 것이오니 쓰나 다나 잡수시오."

---

77 줄변자(一邊子): 남자용 마른신의 전에 장식으로 두른 가는 천. 또는 그렇게 만든 신.

78 염문(廉問): 남모르게 사정이나 형편 따위를 물어봄.

79 송정(訟廷·訟庭): 지난날, 송사(訟事)를 처리하던 법정(法廷).

80 한무제(漢武帝): 중국 한(漢)나라 황제.

가짜 옹고집은 술잔을 받아 들고 화답했다.

"하마터면 아까운 세간을 저놈한테 빼앗기고, 이러한 일등 미인이 권하는 맛난 술을 못 먹을 뻔하였구나! 그러나 사또께서 옳고 그른 것을 가려 주시니, 그 은혜는 죽어 백골이 되어도 은덕을 잊을 수 없사옵니다. 겨를을 내시어서 한 차례 저의 집에 찾아오시면 술대접을 후하게 하겠습니다."

"가짜 옹고집은 염려 말게. 처치하여 줌세."

사또는 뜰 아래 꿇어앉은 진짜 옹고집을 불러 분부했다.

"네놈은 흉측한 인간으로서, 음흉한 뜻을 두고 남의 세간을 빼앗으려 하였으니, 지은 죄를 보면 마땅히 법에 따라 귀양을 보내도 시원찮을 것이다. 하지만 인정을 베풀어 가벼이 처벌하니 바삐 끌어내도록 하라."

형틀에 묶어 놓고 곤장 삼십 대를 매우 치고, 죄목을 엄히 문초했다.

"네 이놈! 차후에도 옹가라 하겠느냐?"

진짜 옹고집은 곰곰이 생각해 보았다. 만일 다시 옹가라 우기면 필시 곤장 밑에 죽을 것만 같았다.

"예, 옹가가 아니오니, 처분대로 하옵소서."

---

81 승로반(承露盤): 한(漢)나라 무제(武帝)가 감로(甘露)를 받으려고 건장궁(建章宮)에 만들어 놓은 쟁반.

아전이 호령했다.

"저놈을 당장 끌어내라."

군노[82] 사령들이 벌 떼같이 달려들어 진짜 옹고집의 상투를 움켜잡고 휘휘 둘러 내쫓았다. 진짜 옹고집은 할 수 없이 걸인 신세가 되고 말았다. 그는 고향 산천을 멀리하고 남북으로 빌어먹고 다녔다.

진짜 옹고집은 가슴을 탕탕 치며 큰 소리로 목 놓아 슬피 울었다.

"답답하다. 내 신세야! 이 일이 꿈이냐 생시냐? 어찌하면 좋을는고? 의외에 일어난 재앙이로다."

무지하던 진짜 옹고집 이놈은 어느덧 허물을 뉘우치고 애통하여 말했다.

"나는 죽어 싼 놈이다. 다시 한번 내게 기회가 온다면, 학의 머리처럼 머리가 하얀 우리 모친 다시 봉양하고 싶고, 어여쁜 우리 아내, 임도 없이 홀로 누워 이리 뒤척 저리 뒤척이며 잠 못 들어 수심으로 지내는가? 슬하에 어린 새끼 금옥같이 사랑하여 어를 적에 '섬마둥둥 내 사랑아! 후두둑 후두둑, 엄마 아빠 눈에 암암' 나 죽겠네, 나 죽겠어! 이 일이 생시는 아니로다. 아마도 꿈이로다, 꿈이거든 어서 바삐 깨어나라!"

이럴 즈음 가짜 옹고집의 거동 보세. 송사에 이기고서 돌아올

---

82 **군노(軍奴)**: 군아(軍衙)에 속한 사내종.

때 의기양양하는 거동, 그야말로 제법이다. 얼씨구나 좋을시고! 손춤을 휘저으며 노랫가락 좋을시고! 이러저리 다니면서 조롱하여 말했다.

"허허 흉악한 놈 다 보게나! 하마터면 어여쁜 우리 마누라를 빼앗길 뻔하였구나."

가짜 옹고집은 기뻐하는 빛이 얼굴에 가득했다. 온 집안 식솔들이 송사에 이겼다는 말을 듣고 반가이 영접했다.

진짜 옹고집의 아내가 왈칵 뛰쳐 내달으며 가짜 옹고집의 손을 잡고 다시금 물었다.

"그래 참말 송사에 이겼습니까?"

"허허 그리하였다네. 그사이 편안히 있었는가? 세간은 고사하고 자칫하면 자네마저 놓칠 뻔하였다네! 사또께서 송사를 똑똑히 살펴셔서 이렇게 자네 얼굴을 다시 보니 이런 경사가 또 있겠는가? 불행 중 다행이로세!"

그럭저럭 날이 저물었다. 가짜 옹고집은 진짜 옹고집의 아내와 더불어, 긴긴밤을 말을 주고받다가 원앙금침 펼쳐 놓고 나란히 한자리에 누웠다. 두 사람의 정은 새삼 일러 말을 할 필요가 없을 정도로 깊었다.

그러던 어느 날이었다. 진짜 옹고집의 아내가 잠시 잠이 들었다가 꿈을 꾸었다. 하늘에서 허수아비가 무수히 떨어져 보이기에 깜짝 놀라 깨었다. 가짜 옹고집에게 꿈 이야기를 했다.

가짜 옹고집이 고개를 끄덕이며 말했다.

"그 일이 분명하면 아마도 태기가 있을 듯하오, 꿈과 같다면 허수아비를 낳을 듯하네 마는, 장차 내 두고 보리라."

이러구러 열 달이 흘러 진짜 옹고집의 아내는 몸이 고단하여 자리에 누워 몸을 풀었다. 진양성중 가가조[83] 개구리 해산하듯, 돼지가 새끼 낳듯 무수히 퍼 낳는데 하나둘 셋 넷 부지기수였다. 이렇듯이 해산하니 보던 바 처음이며 듣던바 처음이었다.

진짜 옹고집의 아내는 자식 많아 좋아라고 괴로움도 다 잊으며 주렁주렁 길러내었다.

이렇듯이 즐거이 지낼 무렵, 진짜 옹고집은 할 수 없이 세간과 처자식을 모조리 빼앗기고 팔자에 없는 곤장을 맞고 쫓겨났다. 살고 싶은 마음이 없었다.

'애고 애고 내 팔자야. 죽장망혜[84] 단표자[85]로 만첩청산 들어가니 산은 높아 천봉[86]이요, 골은 깊어 만학[87]이라. 인적은 고요하고 수목은 빽빽한데 때는 마침 봄철이라. 숲을 떠나 날아다니는 산새

---

83 진양성중(晉陽城中) 가가조(家家稠): 오늘날의 경상남도 진주시로 그 안에 집이 빽빽하게 들어섬.

84 죽장망혜(竹杖芒鞋): 대지팡이와 짚신의 뜻으로, 먼 길을 떠날 때의 아주 간편한 차림새를 이르는 말.

85 단표자(單瓢子): 한 개의 표주박.

86 천봉(千峰): 수많은 산봉우리.

87 만학(萬壑): 수많은 산골짜기.

들은 쌍쌍이 오고 가고, 슬피 우는 두견새는 이내 설움 자아내어 꽃떨기에 눈물 뿌려 점점이 맺어두고, 두견이는 이로 삼으니 슬프다, 사람이 없는 산중 속에서는 아무리 쇠와 돌 같은 간장이라도 아니 울지는 못 하리라.'

진짜 옹고집은 죽기로 결심하고 슬피 울며 한 곳을 쳐다보았다. 험한 바위가 겹겹으로 쌓인 낭떠러지 위에 도승이 높이 앉아 청려장88을 옆에 끼고 반송89 가지를 휘어잡고 노래를 불렀다.

"뉘우쳐도 미치지 못하느니라. 하늘이 주신 벌이거늘, 누구를 원망하며 누구를 탓하고자 하는가?"

진짜 옹고집은 이 말을 다 들었다. 어찌할 줄 모르는 듯, 도사 앞에 급히 나아가 합장 배례하고 애원했다.

"이 몸의 죄를 돌이켜 생각하면 천만번 죽어도 아깝지 아니하오나, 밝으신 도덕 하에 제발 덕분 살려 주십소서. 백발의 늙은 모친, 규중의 어린 처자, 다시 보게 하옵소서. 이 소원을 풀고 나면 죽어 저세상으로 돌아가도 여한이 없을 줄로 아나이다. 제발 한번만 살려 주옵소서."

진짜 옹고집은 온갖 정성을 다 기울여 애걸했다.

도승이 소리 높여 꾸짖었다.

---

88 청려장(靑藜杖): 명아줏대로 만든 지팡이.
89 반송(盤松): 키가 작고 가지가 옆으로 퍼진 소나무.

"천지간에 몹쓸 놈아! 이제 다시 팔십 당년 병든 모친을 구박하여 냉돌방에 두려는가? 불도를 업신여겨 못된 짓 하려는가? 너 같은 몹쓸 놈은 응당 죽여 마땅하도다. 허나 네 정상이 딱하고 가여운 데다 너의 처자식이 불쌍하기에 풀어 주겠으니 돌아가 지나간 허물을 고치고 착하게 살거라."

도승은 부적 한 장을 써 주면서 일러두었다.

"이 부적 간직하고 네 집에 돌아가면 괴이한 일이 있으리라."

도승이 간데온데없이 사라졌다.

진짜 옹고집은 즐거운 마음으로 고향에 돌아와서 제집 문전에 다다랐다. 높고 큰 다락집에 맑은 바람과 밝은 달은 이미 눈에 익은 풍취였다. 담장 안의 홍련화는 주인을 반기는 듯했다. 영산홍아 잘 있었느냐? 자산홍아 무사하냐? 옛일을 생각했다. 오늘이 옳으며 어제는 잘못임을 깨닫고 옛집을 다시 찾아오니 죽을 마음이 전혀 없었다.

"가소롭다, 가짜 옹고집아! 이제도 네가 옹가라고 장담을 할 것이냐?"

늙은 하인이 내달으며 소리쳤다.

"애고 애고 좌수님, 저놈이 또 왔소이다. 천살90 맞았는지 또 와

---

90 천살(擅殺): 사람을 함부로 죽임.

서 지랄하니 이 일을 어찌하오리까?"

이럴 즈음에, 방에 있던 가짜 옹고집은 간데없고, 난데없는 짚한 뭇이 놓여 있을 따름이었다. 가짜 옹고집과 자식들도 홀연히 허수아비가 되어 여기저기 쓰러져 있었다. 온 집안사람들이 그제야 깨달은 듯 손뼉을 치며 크게 웃었다.

진짜 옹고집이 아내에게 말했다.

"마누라, 그 사이 허수아비 자식을 저렇듯이 무수히 낳았으니, 그놈과 한가지로 얼마나 좋아하였을꼬? 한 상에서 밥도 먹었는가?"

얼이 빠진 아내는 아무 말도 못 하고서, 방안을 돌아가며 가짜 옹고집의 자식들을 살펴보았다. 이를 보아도 허수아비였다. 저를 보아도 허수아비였다. 아무리 다시 보아도 허수아비 무더기가 분명했다. 아내는 진짜 옹고집을 맞이하여 반갑기 그지없었다. 한편 아내는 지난 일을 생각하고 매우 부끄러워했다.

도승의 술법에 탄복하여, 옹 좌수는 그로부터 모친께 효도하며 불도를 공경하여 잘못을 뉘우치고 착한 일을 많이 했다.

모두들 옹 좌수의 어짊을 칭송하여 마지아니하였다.

작품 해설

「옹고집전」 꼼꼼히 읽기

　고전 소설인 「옹고집전」은 판소리계 소설로 단편소설이다. 판소리 열두 마당 가운데 판소리로는 전해지지 않는 일곱 마당의 한 편이다. 현대까지 판소리로 전해지는 다섯 마당은 수궁가·심청가·적벽가·춘향가·흥부가이며, 판소리로는 전해지지 않는 일곱 마당은 가짜신선타령·강릉매화타령·무숙이타령·배비장타령·변강쇠타령·옹고집타령·장끼타령이다.

　목판본이나 활자본은 발견되지 않고, 1권 1책의 국문 필사본만 전해지는 「옹고집전」은 민담 소설에 속한다. 월북한 김삼불(金三不)이 1950년에 필사본을 대본으로 교주하여 국제문화관에서 주석본을 출간한 바 있다. 그때 사용한 필사본은 전하지 않는다. 이병기의 제자 김삼불이 교주한 「옹고집전」을 대본으로 하여 정병욱 교수와 장덕순 교수가 교주하였다. 그 밖에 최내옥본·강전섭본·단국대학교 율곡기념도서관 나손문고본(옛 김동욱본) 등의 필사본이 있다.

　「옹고집전」의 작자와 창작 연대는 알 수 없다.

1. 「옹고집전」 줄거리

황해도 옹달 우물과 옹연못이 있는 옹진골 옹당촌에 놀부에 버금갈 정도로 심술궂고 사악한 옹고집이라는 부자가 살고 있었다. 인색한 옹고집은 겨울철이 되었는데도 팔순의 늙은 어머니를 불도 때지 않은 냉방에서 잠을 자게 하고, 아침에 밥 한 그릇, 저녁에 죽 한 그릇만 올리면서 간신히 남들의 구설수만 피해 왔다.

어느 날 시주받으러 온 도승에게 오물을 뿌리는 등 심하게 구박했다. 이때 월출봉 취암사에 높은 술법이 귀신도 감탄할 경지에 이르렀던 도승이 그의 제자인 학 대사에게 옹고집이 불도를 업신여겨 중을 보면 원수같이 군다 하니, 그를 찾아가서 책망하고 돌아오라고 하였다. 그러나 오히려 학 대사는 옹고집의 하인들에게 매만 맞고 돌아가게 되었다. 학 대사의 처참해진 몰골을 보고 분노가 치밀어 오른 도승은 지푸라기로 가짜 옹고집을 만들어 옹고집의 집에 보냈다. 도승이 만든 가짜 옹고집과 진짜 옹고집이 자기가 진짜라고 다투게 되었다. 옹고집의 아내와 아들은 누가 진짜 옹고집인지를 판별할 수 없었다. 마침내 관가에 가서 송사를 청하게 되었다. 고을의 사또가 옹씨 집안의 족보를 가져오라고 했다. 진짜 옹고집은 조상에 대해 아는 바가 없어 횡설수설했다. 오히려 가짜 옹고집이 집안 내력을 줄줄이 꿰고 있었다. 사또는 진짜 옹고집을 가짜 옹고집으로 판정하였다. 진짜 옹고집은 곤장을 맞고 내쳐져 정처 없이 떠돌며 걸식을 하는 신세가 되었다. 가짜 옹고집은 집으로 돌아가서 아내와 자식을 거느리고 살게 되었다. 그뒤로 옹고집의 아내는 가짜 옹고집과의 사이에 아들을 열 명이나 낳고 살았다.

진짜 옹고집은 산속을 떠돌며 온갖 고생을 했다. 그제야 진짜 옹고집은 그 자신이 천하의 나쁜 놈이었다는 것을 깨닫고, 지난날의 잘못을 뉘우치게 되었다. 한 번만 더 기회가 온다면 지극정성으로 어머니를 모시겠다고 되뇌었다. 그러나 어찌할 도리가 없다는 것을 깨달은 진짜 옹고집은 산속에 들어가서 스스로 목숨을 끊으려고 했다. 그때 비치암의 도승이 홀연히 나타났다. 진짜 옹고집이 진심으로 잘못을 뉘우치고 있다는 것을 안 도승은 진짜 옹고집에게 부적을 주면서 집으로 돌아가라고 하였다.

진짜 옹고집은 고향에 돌아와서 제집 문전에 다다랐다. 높고 큰 다락집에 맑은 바람과 밝은 달은 이미 눈에 익은 풍취였다. 집 대문 안으로 들어서서 도승이 준 부적을 던졌다. 순간 그동안 집을 차지하고 있던 가짜 옹고집이 허수아비로 변하였다. 뿐만 아니라 아내와 가짜 옹고집 사이에서 태어난 자식들도 모두 지푸라기 허수아비로 변했다. 이후 진짜 옹고집은 새사람이 되어서 땔감을 잔뜩 넣어 방을 따뜻하게 하고, 삼시 세끼 좋은 음식을 올려 어머니에게 효도를 다하였다. 또한 지나가는 스님이 보이면 모시고 들어와 대접해 보내는 등 부처님의 말씀을 따르고 늘 보시와 공덕을 행했다.

2. 주제와 인물

「옹고집전」은 부모에게 불효를 심하게 저지르고, 하인들을 함부로 부리는 옹고집이 도승의 도술로 가짜 옹고집에게 쫓겨나 온갖 고생을 하다 잘못을 뉘우치고 착한 사람이 된다는 서사구조로 이루어져 있다. 해학적이고 풍자적인 성격을 지닌 「옹고집전」은 착한 일을 권장하고 악한 일을 징계하는 권선징악(勸善懲惡)이라는 주제를 형상화하고 있다. 시선을 끄는 것은 「흥부전」의 놀부와 「옹고집전」의 옹고집이 지니고 있는 인간형이 서로 비슷하다는 점이다. 그러나 더 깊이 들여다보면 놀부보다는 옹고집이 훨씬 개성적이라는 것을 알 수 있다. 「옹고집전」의 서사구조를 살펴볼 때 주 인물인 옹고집이 대단원에서 스스로 제 목숨을 끊기로 결심할 만큼 용기가 있는 인물로 그려져 있다는 점이 그러하다.

3. 장자못 설화

현재 한반도에서 〈장자못 전설〉이 전해지고 있다고 확인된 곳만 하여도 강원도 태백시의 황지연못을 비롯하여 여러 곳이 된다. 풍부한 구전설화에 비하여 문헌자료는 거의 없는 편이나. 『우리 고향 태백』(김강산 저, 태백문화원, 1998년)과 『태백시지』(관동대학교 영동문화연구소·태백시지편찬위원회 편, 태백시, 1998년)의 기록을 참조하여 〈황지연못 전설〉의 줄거리를 정리하면 다음과 같다.

옛날에 황지 연못터에 매우 인색하고 심술궂은 황동지(黃同知)라는 부자가 살고 있었다. 어느 날 그가 외양간에서 쇠똥을 치우고 있었다. 남루한 차림의 노승(老僧)이 황부자의 집으로 찾아 와 염불을 하며 시주(施主)를 청했다. 황부자가 거절을 했으나, 노승은 말없이 염불을 하며 서 있었다. 화가 난 황부자는 치우고 있던 쇠똥을 한 가래 퍼서 바리때에 퍼주었다. 노승은 아무 말도 하지 않고 돌아섰다. 그때 방앗간에서 아기를 등에 업고 방아를 찧고 있던 며느리 지씨(池氏)가 이 광경을 지켜보았다. 그녀가 빠른 걸음으로 걸어와 노승을 붙잡았다. 그녀는 노승에게 시아버지의 잘못을 빌며, 쇠똥을 털어내고 시아버지 몰래 찧고 있던 쌀 한 바가지를 퍼서 시주했다.

"이 집은 운(運)이 다하여서 큰 변고(變故)가 있을 테니 살려거든 소승을 따라오시오."

노승이 말했다.

며느리 지씨는 노승의 말을 듣고 노승을 따라 길을 따라나섰다.

"절대로 뒤를 돌아봐서는 아니 되오."

노승이 며느리 지씨에게 일러주었다.

며느리 지씨가 송이재를 넘어 통리를 지나 도계 구사리 산등에 이르렀을 때였다. 뇌성벽력(雷聲霹靂)이 치며 하늘과 땅이 무너지는 듯한 소리가 났다. 며느리 지씨는 노승의 당부를 잊고 뒤를 돌아다 보았다.

작품 해설

황부자 집이 땅속으로 꺼져 내려가 큰 못으로 변해버렸다. 황부자는 이무기로 변하게 되었다. 뒤돌아보았던 며느리 지씨는 돌이 되어 구사리 산등에 서 있다. 흡사 아이를 등에 업은 듯이 보이는 이 돌을 사람들은 미륵바위라고 부르고 있다. 황부자 집터는 세 곳의 연못으로 변했다. 위쪽의 큰 연못이 황부자의 집터로 마당 늪이라고 하고, 중간의 연못이 방앗간 터로 방간 늪이라고 하며, 아래에 있는 작은 연못이 변소 자리로 통시 늪이라고 한다.

〈황지연못 전설〉에 등장하는 인물들 가운데 노승은 초자연적인 세계의 다른 것들과 비교되거나 어떤 기준에 의하여 평가되지 않고 그 자체로서 절대적이고 순수한 선(善)인 질서를 상징하는 인물이고, 황부자는 세속적이고 본능적인 욕망의 표상이 되는 인물이며, 며느리 지씨는 초월적 질서와 본능 사이에서 갈등하는 인물의 모습을 상징하고 있다고 볼 수 있다. 이것은 〈장자못 전설〉의 하나인 〈황지연못 전설〉이 착한 일을 권장하고 악한 일을 징계하는 교훈 이상으로 인간의 존재 양상에 대한 인식을 함의하고 있는 설화라고 할 수 있다.

〈장자못 전설〉은 세계적으로 널리 분포되어 있는 소돔과 고모라 형(型)의 설화이다. 『구약성경』「창세기」19장 24절 - 26절에 다음과 같은 기록이 있다.

여호와께서 하늘 곧 여호와로부터 유황과 불을 소돔과 고모라에 비 같이 내리사 그 성들과 온 들과 성에 거주하는 모든 백성과 땅에 난 것을 다 엎어 멸하셨더라. 롯의 아내는 뒤를 돌아보았으므로 소금 기둥이 되었더라.

『구약성경』「창세기」 19장의 〈소돔과 고모라 설화〉는 〈황지연 못 전설〉을 비롯한 〈장자못 전설〉과 매우 유사하다. 이 두 설화는 문화적·종교적·공간적 차이는 크나 서사구조가 거의 같아 〈장자못 전설〉이 갖고 있는 세계성에 주목할 필요가 있다.

튀니지 출신 프랑스 작가 알베르 멤미(Albert Memmi)가 튀니지 유대인의 삼중의 정체성을 그린 장편소설 『소금기둥 La statue de sel』은 『구약성경』「창세기」의 〈소돔과 고모라 설화〉를 소재로 한 소설이다. 한국에서도 〈장자못 전설〉을 소설 소재로 활용한 작품이 여러 편 있다. 강경애의 장편소설 『인간문제』(「동아일보」, 1934년 8월 1일~12월 22일), 한무숙의 단편소설 「돌」(『문학예술』 1955년 12월호), 오영수의 단편소설 「수변」(『사상계』, 1962년 11월호), 김종성의 중편소설 「붉은 숲」(『내일을 여는 작가』, 2023년 봄호) 등이 그러하다.

참고문헌

강경애, 『인간문제』, 열사람, 1988.

관동대학교 영동문화연구소 · 태백시지편찬위원회 편, 『태백시지』, 태백시, 1998년.

김강산, 『우리 고향 태백』, 태백문화원, 1998년.

김기동, 『이조시대소설론』, 선명문화사, 1975.

김종성, 「붉은 숲」, 『내일을 여는 작가』, 2023년 봄호. 한국작가회의, 2023.

설성경 · 박태상 공저, 『고전소설강독』, 한국방송대학교출판부, 2004.

서울대학교 동아문화연구소 편, 『국어국문학사전』, 신구문화사, 1973.

알베르 멤미, 송기형 역, 『소금기둥』, 중앙일보사, 1985.

오영수, 「수변」, 『사상계』, 1962년 11월호. 사상계사, 1962.

장덕순, 『설화문학개설』, 선명문화사, 1974.

전규태 편저, 『한국고전문학대전집』 1, 수예사, 1983.

한국고전문학전집 편집위원회 편, 『한국고전문학전집』 1, 희망출판사, 1962.

한국민족문화대백과사전편찬부, 『한국민족문화대백과사전』, 한국정신문화연구원, 1997.

한무숙, 「돌」, 『문학예술』, 1955년 12월호. 문학예술사, 1955.